JOURNAL
DU VOYAGE
D'ESPAGNE.

Avec le Plan de l'Isle de la Conference

LES CEREMONIES
qui s'y sont observées.

Et la Route des Princesses.

A PARIS

Chez Henry Charpentier, dans
la Grande Salle du Palais, au bon
Charpentier & au grand Cesar.

M. DCC. XXII.

Avec Approbation & Privilege du Roy.

A MADAME
LA DUCHESSE
DE VENTADOUR.

*M*ADAME,

Voilà un nouvel Article que vous n'aviez point encore vû dans le Journal, c'est une Epî-tre dedicatoire, à laquelle je suis forcé par mes ennemis, qui veulent absolument me voir tomber dans le ridicule. Comme ils sçavent que je me tiens fort de l'honneur de vôtre protection, & que je ne crains point qu'ils me fassent imprimer en France, ils m'ont menacé, à cause du Voyage de Mademoiselle de Beaujollois, d'envoyer une copie en Hollande, & d'y ajoûter encore des libertés à celles que je m'y suis déja données. Vous sçavez, MADAME, que ce Journal n'étoit point fait pour le public, n'y même pour vous, & les autres personnes de distinction qui ont bien voulu s'en

divertir quand elles n'avoient
rien de mieux à faire dans le
voyage. C'étoit pour amuser une
Demoiselle dans ses heures de
loisir dont elle n'a que trop à la
Campagne, j'ay voulu l'habiller
en serieux, mais ce caractere est
si éloigné du mien, que je me trouve obligé de le donner au public
presque tel qu'il a été lû sur la
route. Mais il me semble entendre mes ennemis crier, cecy
est bien plûtôt un avis au Lec-
teur, qu'une Epître dedicatoire,
qui doit être une longue suite de
loüange ; je les feray taire en
leur apprenant que vous en êtes
ennemie, & que vous êtes lasse

de vous entendre loüer en toutes langues & par toutes les Nations de l'Europe. Vous vous souvenez, MADAME, que les chemins étoient couverts de Païsans, qui benissoient le Ciel de la bonne santé dont vous joüissiez malgré les fatigues d'un si long voyage, pendant la mauvaise saison, & qui sans avoir jamais entendu les Pseaumes de David en françois, ne laissoient pas de se servir de ses propres termes, en souhaitant, que vous puissiez encore élever les Enfans des illustres Enfans que la providence & vos bons soins nous conservent si heureusement. Des

loüanges comme celles-là ne va-
lent-elles pas mieux que tout ce
que la plus fine Rhetorique pourroit dire, puifqu'on eft fûr que
la flatterie & l'intereft n'y ont
nulle part. J'aurois voulu voir
ces Meffieurs les fages tenir leur
ferieux, quand de gros Villa-
geois nous venoient demander?
Laquelle eft cette Madame
de Ventadour, pour qui on
prie tant Dieu, Si le R o y
fe porte auffi bien, je n'a-
vons point de regret d'avoir
tant allongé le Salut des Di-
manches; au bout de tout,
le bon Dieu eft bon, il fçait
bien ce qu'il nous faut, &

que j'avons grand besoin d'eux. *Je pourrois dire quelque chose de plus poly, mais de peur de n'en pas dire assez, j'aime mieux me taire aprés vous avoir demandé pardon de ma temerité, & vous avoir assuré que je suis avec un trés-profond respect,*

MADAME,

Vôtre très-humble & très-obéïssant Serviteur
J. F. H.

AVIS.

MESSIEURS,

IL doit peu vous soucier de connoître la Demoiselle à qui ce Journal a été adressé, je l'estime trop pour la rendre publique. Pour moy qui suis tel aujourd'huy, je me crois obligé de vous rendre compte : Je ne suis pas plus noble que mon pere qui étoit Marchand, cependant la personne est bien Demoiselle. On a voulu voir à la Cour si elle avoit tout le merite que je luy croy. Le jour qu'elle y est allée, elle y a été reçuë des Princesses avec tant de bonté, & on luy a fait tant d'honneurs, qu'elle croit encore que ce soit un beau fonge, quoiqu'il y ait deux mois que cette belle fcene fe foit paffée à fon égard. Je vous prie donc pour l'amour d'elle d'excufer la familiarité & la negligence de ce ftyle. Je vous confeille même de le faire par deux raifons, la premiere que j'en ay fait imprimer deux Articles à Bordeaux qui ont eu l'honneur d'être lus devant le Roy & approuvez par la Cour. La feconde raifon eft que quand vous feriez mécontens, je ne feray pas fi fot que de vous rendre vôtre argent. Au moins confolez vous par la parole d'honneur que je vous donne qu'il ne vous coûtera jamais un fol pour acheter de mes ouvrages.

aura servy de copie à l'impression dudit Livre sera remis dans le mesme estat où l'approbation y aura esté donnée és mains de nôtre très cher & feal Chevalier Garde des Sceaux de France le sieur Fleuriau d'Armenonville, & qu'il en sera ensuite remis deux Exemplaires dans nostre Bibliotheque publique, un dans celle de nostre Chasteau du Louvre, & un dans celle de nostre très-cher & feal Chevalier Garde des Sceaux de France le Sieur Fleuriau d'Armenonville, le tout à peine de nullité des presentes; Du contenu desquelles vous mandons & enjoignons de faire joüir l'Exposant ou ses ayans cause pleinement & paisiblement, sans souffrir qu'il leur soit fait aucun trouble ou empeschement; Voulons qu'à la copie desdites Presentes qui sera imprimée au commencement ou à la fin dudit Livre, foy soit ajoûtée comme à l'Original. Commandons au premier nostre Huissier, ou Sergent, de faire pour l'execution d'icelles tous Actes requis & necessaires sans demander autre Permission, & nonobstant Clameur de Haro, Charte-Normande & Lettres à ce contraires; Car tel est nostre plaisir. Donné à Paris, le deuxiéme jour du mois d'Octobre, l'an de grace mil sept cens ving-deux, & de Regne le huitiéme. Par le Roy en son Conseil.

SAINSON.

Regiſtré ſur le Regiſtre V. de la Communauté des Libraires & Imprimeurs de Paris, Page 231. No. 357. conformement aux Reglemens & notamment à l'Arreſt du Conſeil du 13. Aouſt 1703. A Paris ce 27. Octobre 1722.

BALLARD, *Syndic.*

J'Ay cedé à Mr Charpentier Libraire dans la grande Salle du Palais à Paris, un manuſcrit ayant pour titre *Journal du Voyage d'Eſpagne avec le Plan de l'Iſle de la Conference & la Route des Princeſſes*, pour le faire imprimer, ſuivant les conventions faites entre nous. A Paris ce 18. Septembre 1722.

J. F. Harlay.

JOURNAL
DU VOYAGE
D'ESPAGNE.

Le 18. Novembre 1721.

ADEMOISELLE,

J'execute les ordres dont vous
m'avez honoré en commençant
dès aujourd'huy d'écrire nôtre

A

Voïage ; Ne croyez point trouver icy ce ftyle en joüé de mes Lettres d'il y a deux ans, mon efprit & ma fortune ne font plus dans la même affiette, jétois le héros de l'autre Voïage, au lieu que dans celuy-cy, il y auroit peut eftre de la vanité à moy, fi je me comparois à Colin, Moucheur de Chandelle de la Comedie,

Comme à la mode des grands la canaille va devant, j'étois commandé dès la veille de me rendre à Châtres avec les équipages ; mais rien ne coûte plus que la fortie de Paris. Les connoiffances nouvelles qu'il a fallu faire avec les Voyageurs, nous ont amufé au Bourg la Reine jufqu'à trois heures aprés midy. C'eft tout ce que nous avons pû faire que

de gagner Longjumeau, gros
Bourg à quatre lieuës de Paris,
comme nous avions renvoyé nos
Caroſſes, nous nous ſommes mis
une vingtaine dans une Charete,
les Chevaux eſtoient montez par
trois Violons, dont la pluye faiſoit caſſer les cordes à tout moment. Nous avons gardé cette
Muſique juſqu'à Toury, que
nous avons eſté obligez de la
renvoyer, parce que l'entretient
nous coûtoit trop.

Mardy 18.

Nôtre Princeſſe Mademoiſelle
d'Orleans Montpenſier, eſt arrivée à Châtres ſur les cinq heures : M. le Duc de Chartres ſon
Frere, y eſt venu prendre congé
d'Elle. On à raiſon de dire que

nul Prophete n'est honoré dans son Païs, car ce premier endroit est celuy où elle à reçû le moins d'honneur ; & nous avons pensé demeurer dans les Bouës de cette impertinente Ville ; mais nous avons esté récompensez de ces incommodité & des mauvais gistes par-là journée du lendemain.

Mercredy 19.

A Etampes, où la Bourgeoisie a fait tous les honneurs qu'elle à pû à la Princesse, ils étoient sept où huit cent hommes sous les Armes , avec des Cocardes de differentes couleurs, pour distinguer les Compagnies, ils ont fait garde pendant la nuit aux portes du Palais , & aux Equipages, qui font en si grand nombre , qu'ils couchent dans les ruës.

Jeudy 20.

Nous avons couché à Thoury dans nos fourreaux ; nous avions resolu de passer la nuit en donnant le bal à nostre Hotesse & à ses Sœurs qui estoient fort jolies ; mais comme nous n'étions qu'à vingt pas du Palais, les Gardes nous ont prié de nous en aller danser plus loin.

Vendredy 21.

La Princesse est arrivée à Orleans sur les cinq heures, la Noblesse est venuë au devant d'elle prés deux lieuës, les Bourgeois étoient environ Douze cent sous les Armes, depuis le Fauxbourg jusqu'à l'Evêché, où elle à Logé,

il y a eu grand concours de Dames au diner & au fouper.

Samedy 22.

Nous avons fejourné, pendant
lequel je vais vous donner une
idée de mon état. Je vous diray
de bouche mon Employ car vous
n'en connoiffez pas le nom, j'ay
le plaifir de voir tous les jours à
Table, & d'entendre parler qua-
torze Dames de la Reyne, vous
croiriez peut-eftre qu'on ne s'entend point parler, ne vous trom-
pez-pas, il n'y a rien de plus poly
que cette affemblée, imaginez-
vous Jupiter qui regale toutes les
Déeffes, les trois premieres font
icy auffi bien défignées qu'elles le
puiffent être, felon l'idée que les
Poëtes nous en ont donnée. M.

le Nourricier du Roy étant le seul homme qui mange à cette table, doit être regardé comme Jupiter pour sa bonne mine, Mademoiselle son épouse qui tient le premier rang peut être justement comparée à Junon, hors qu'elle n'est ny fiere ny querelleuse : au contraire elle est polie, gracieuse, belle, grande, blanche, & même bienfaite quoiqu'elle ait plus de graisse à une de ses bras que je n'en ay en tout mon corps. Je pardonne en sa faveur aux Medecins tous les meurtres qu'ils commettent, puisqu'au moins une fois en la vie, ils ont fait une bonne action, en choisissant pour nourrir nôtre Roy, une personne qui possede si heureusement toutes les qualitez qu'on peut desirer ; comme il est vray que nous tenons

plus de nôtre nourrice que de nos
parens, Nous pouvons nous raffurer fur la pretenduë foible com-
plexion du Roy, la bonté du lait
qu'il a fuccé, prendra fans doute le
deffus, car on peur dire que Madame la nourice eft d'une fanté, &
de la plus belle humeur du monde.
Nous pouvons encore diftinguer
Minerve *a* qui eft une Dame grande, bien degagée, qui parle bien,
je fuis fûr qu'elle feroit on ne peut
pas mieux, un cafque fur la tête,
& une pique à la main ; Elle a un
fon de voix mâle qui fait plaifir à
entendre, elle en a auffi les manieres, car lorfqu'il n'y a point
d'hommes à la table, c'eft elle
qui fert les autres.

Nous avons auffi une Venus *b*

a *Madame Treheux.*
b *Mademoifelle Perrin.*

9

qui ne differe de celle des Poëtes,
qu'en ce que la leur étoit coquette
& blonde, aulieu que la nôtre est
brune & remplie de sagesse, elle
a une si grande aversion pour les
fols, que je me contrefais le plus
que je peux devant elle, car je
passe pour tel dans ce voyage, ou
au moins pour un sournois, parce
que comme il fait froid je marche
toûjours tout seul & à pied, il
n'est pas necessaire de vous dire
que c'est pour avoir le plaisir de
penser à vous, plaisir qui m'emporte souvent si loin, que quoique je sois un mauvais pieton je
me trouve avoir fait des 5. & 6.
lieuës sans m'en appercevoir.

Dimanche 23.

Nous partons d'Orleans mal-

gré nous , & on dit auffi malgré
la Princeffe , qui a eu deux harangue à effuyer ; une à S. Memin
dont les Feüillans étoient les Rap-
porteurs : Elle étoit bonne par
deux raifons. La premiere qu'elle étoit courte , & la feconde que
la conclufion en étoit fort agreable , car elle a finy par quelques
corbeilles des plus beaux fruits en
pyramide , & plufieurs bouteilles
de vin de Gennetin , dont les
Feüillans recueillent le meilleur.
La Princeffe étoit furprife comme
nous qu'on n'ofat luy prefenter du
vin trouble , mais elle a eu la bonté
de toucher à tout , ce qui a fort
rejouy ces bons Peres , qui ont
donné le refté au pillage ; quand
nous avons vû la Princeffe s'arrêter fi long temps , & fes Dames
trouver ce vin bon , nous en avons

voulu goûter à nôtre tour : quand
on ferme les yeux en le beuvant,
le Nectar des Dieux n'est pas meilleur ; mais deux heures aprés il a
fait sur nous le même effet que
sur Noé, il nous a mis dans un
état à nous endormir encore plus
indecemment que luy : s'il avoit
fait chaud, j'aurois voulu voir si
ce vin traître a plus épargné nos
Dames que nous.

Pour la seconde Harangue qui
étoit celle des Magistrats de B...
il ne falloit pas passer la Riviere de
Loire qui est si large, le present
étoit dans le même goût, c'étoit
trois grandes mannes de Gâteaux,
à peu prés comme ceux des Bou-
langers de Gonesse donnent à leurs
pratiques la veille des Rois. Nous
sommes enfin arrivez à S. Laurent
des Eaux, Village où nous avons

couché soixante, tant hommes
que chevaux, dans la grange d'un
Fermier où j'ay eu grand froid.

Lundy 24.

Nous sommes partis de ce Village à l'heure qu'il nous a plû, parce que nous n'avons eu qu'à secoü-
er la paille qui étoit dans nos cheveux : nous avons fait neuf lieuës
pour gagner Blois, mais c'étoit
par un beau temps & par un chemin aussi uny, & aussi bien sablé
que les allées des Thuilleries, son-
gez que je dis neuf lieuës sablées
exprés. J'ay soupé à Blois avec
une personne qui a été ma Maîtresse pendant quarante huit heures qu'ont duré la nôce, & le lendemain d'une de ses parentes ; j'ay
couché dans son lit, mais elle n'y

étoit pas. Comme il y avoit des Troupes reglées en cette Ville, elles ont ôté aux Bourgeois la garde de la Princeſſe.

Mardy 25.

Quoique j'aye été mieux couché cette nuit que je ne le ſeray d'icy à Bordeaux, je n'ay cependant pû dormir parce que j'ay eu la bêtiſe de penſer à vous, pendant que vous ne ſongiez peut-être pas ſi je ſuis au monde; j'avouë qu'il y a une grande diſtance de vous à moy, mais ſeriez-vous la premiere Reine ou Déeſſe qui ſeriez deſcenduë à excuſer & même approuver l'amour d'un Berger, la fortune poura couroner ma conſtance: je l'ay dejà touchez du bout du doigt deux ou trois fois en ma

vie, & si j'avois le quart du bien
qu'on me souhaite, j'aurois de
quoy achepter plus de terres, &
châteaux qu'il n'y en a jamais eu
dans vôtre famille, vous me per-
mettez bien de vous dire que je
vous aime, & vous ne voulez pas
me donner la consolation de m'en
dire autant, vous vous contentez
de me faire voir que vous ne me
haissez pas ; c'est beaucoup pour
vous, mais pas assez pour moy. Je
veux joüir aujourd'huy de mes
droits & ressembler ces Valets,
qui se sentent necessaires à leurs
Maistres : vous voulez des nouvelles, vous en aurez ; mais il
faut que vostre curiosité vous cou-
te de m'entendre dire ce que je
voudray, la mienne me coutera
peut-estre bien d'avantage dans
ce Voïage, par le froid, la fatigue,

& les mauvais giftes. Il faut que vous m'honoriez d'une réponfe à Bayonne , autrement je finis le journal ; je me rempliray lidée de noftre venus , je me perfua-deray qu'il n'y a qu'elle d'aima-ble dans le monde , elle ne fçau-roit m'empécher de l'aimer & de me taire pour un amour dégagé de tout commerce des fens , elle eft auffi bien mon affaire que vous , fi ce remede ne me réufit point , je pafferay en Efpagne , en Affrique même, jufqu'à ce que je vous aïe oublié entierement.

Mercredy 26.

Nous avons féjour à Amboife. Ce fera la derniere Ville dont je ne vous feray point la defcription: vous pouvez vous fouvenir de ce

que je vous en ay écrit il y a deux
ans, de son Château fameux par
les cruautez de Loüis XI, de
sa Tour par laquelle on monte au
Grenier dans un Carosse à six
Chevaux, du bois de ce Cerf mons-
trueux, dont le Collier a donné
matière à tant disputé entre les
Sçavans, parce qu'il y avoit dessus
écrit, *Hoc Cœsar me donavit.*

Jeudy 27.

Nous arrivons de nuit à Loches,
où il n'y a rien de particulier,
cette Ville est laide comme toutes
celles de ce Païs cy, les Femmes
le sont aussi : tout cela me doit pa-
roître plus extraordinaire qu'aux
autres, parce que j'arrive de Flan-
dres, où elles sont toutes belles,
mais le Seigneur a rendu les choses

les égales, en donnant à celles-cy
la pudeur & la sagesse, qu'il a épargné à plusieurs Flamandes, nous
avons pourtant veu icy quatre ou
cinq jolies filles. Le Château est
très-vaste, où plûtôt sa Cour, qui
ressemble aux petites Maisons,
parce que les Chanoines y ont
chacun la leur, qui entourent un
bâtiment, & une Eglise qui ont
neuf cent ans. Il y a une pretenduë Ceinture de la Sainte Vierge.

Vendredy 28.

Nous sommes assez mal dans
un Bourg nommez la Haye, les
Païsans étoient sous les armes avec
des Rubans & des Chapeaux bordez de papier, qui comme ils voyoient que nous les regardions en
riant, ils s'en sont vengez par une
reponse si juste, que nous n'avons

B

pû nous en fâcher, & que nous
avons été obligez d'avoüer qu'un
Païsan n'a souvent de grossier que
l'habit.

Samedy 28.

Nous arrivons à Châtelleraut,
où nous sommes accablez de femmes qui veulent absolument nous
vendre des Coûteaux, & des Ci-
seaux. Cette Ville est le refuge
des Cyclopes échappé du Mont
Ætna, car elle n'est habitée que
par des Forgerons & des Coûte-
liers. La Rivière de Vienne la
separe en deux, le Pont qui la
joint n'est point extrémement
long, mais il est un des beaux, &
le plus large que j'aye encore vû.

Dimanche 30.

Il étoit presque nuit, & nous

étions trés-fatiguez hommes &
chevaux, quand nous sommes entrez dans Poitiers, parce qu'il avoit
gelé le matin, dégelé à midy, &
plû le soir. Cette Ville est grande,
peuplée, & trés-mal parée, sans
aucun Bâtiment, ny saint, ny pro-
fane qui en vaille la peine, les Bourgeois habillez tous uniformes &
bien montez, sont venus deux
lieuës au devant, un trompette à
la tête, & un Guidon magnifique,
les Gens de guerre s'y sont trompez, & les ont cru comme nous
une Compagnie d'Ordonnance;
ce sont pourtant les Dragons de
Goëbriant qui ont monté la garde
au Palais, qui étoit la maison du
Lieutenant General. Nous avons
séjourné Lundy premier, Mardy
second, & Mercredy troisiéme
Decembre : Nous avions tous

grand besoin de ce repos.

Jeudy 4.

A quelques lieuës de Poitiers
nous avons trouvé des chemins
que la pluye auoit rendu impraticables, plusieurs de nos voitures
s'y sont embourbées, entr'autres
celles des Cent Suisses, sur laquelle ils étoient, huit ou neuf; d'a-
bord ils ont aidé le Chartier à
jurer de la bonne façon, mais soit
que les mules qui les trainoient
depuis huit jours y fussent accoû-
tumées, & que cela ne leur fit plus
d'impression, soit qu'effectivement il leur fut impossible de se
tirer: ils mirent tous pied à terre,
& continuant à jurer, ils empor-
terent la charrete, & les mules,
dans un bel endroit à dix pas de là.

Nous dinons aujourd'huy à quelques lieuës de Poitiers, on commence déja à entendre quelque petit accent Gascon. Je crois que la vivacité de l'air nous en a communiqué aussi, soit cela, soit la liqueur de Bacchus qui nous a donné de grandes forces pour tenir contre la pluye, j'auray l'honneur de vous dire qu'aprés nous être fait conter par nôtre Cabaretiere l'histoire de Melusine, dont elle s'est acquittée le moins mal qu'elle a pû, en nous faisant un veritable Conte des Fées, que voicy en abregé. Elle nous a dit que cette Dame pour quelque infidelité envers son mary & cruauté à l'égard de ses enfans, faisoit sa penitence en ce monde, qu'elle apparoissoit souvent en monstre, moitié femme, & moitié poisson,

qu'elle tourmentoit cruellement
ceux qui avoient la hardieffe de
loger dans ce château, qu'on l'entendoit crier du fonds d'une citer-
ne, d'une fi grande force, que fes
cris paffoient en proverbe, enforte
qu'on dit d'une femme qui gronde
fon mary, ou fes filles, qu'elle
fait des cris de Melufine, cris qu'-
elle redouble, dit-on, quand il
doit arriver quelque malheur dans
fa famille, qui eft celle des Luf-
gnans. Nous avons pris la refolu-
tion deux de mes camarades, &
moy d'aller paffer la nuit en ce
château avec chacun nos piftolets,
de mêler du fel dans la poudre,
pour faire contre les forcileges;
une demie douzaine de flambeaux
de poix raifine, & nos epées,
mais nous avons perdu toute nôtre
gloire, en arrivant dans ce châ-

teau, dont il ne reste que la citer-
ne, & quelque pans de murs, avec
une mazure habitée par des Païi-
fans groffiers & infolens, comme
font fans exception tous les habitans de ce Bourg, ce qui nous avoit
donné une trés mauvaife opinion
des Gafcons, fi dans toutes les autres Villes de ce païs, on ne nous
donnoit des preuves du contraire;
enfin les Habitans du païs fe font
moquez de nous, quand nous avons
parlé des Revenans de ce Château, & nous ont affûré, que de vie
d'homme on n'y avoit jamais
rien vû, ny entendu; ainfi nous
avons été obligez de pendre nôtre
bravoure au croc, mais ce n'a été
que pour quelques heures, parce
que nos autres cinq camarades fe
font moquez de nous, leur a fallu
impofer filence, en les menaçant,

& en se mettant en devoir de leur
donner la sauce que nous avions
preparée à Melusine, tant il est
vray que la valeur a de grands a-
vantages; je croyois cependant que
cette qualité me vaudroit plus que
tout, & que je forcerois tout le
monde, & vous même d'avoüer,
que si je n'avois pas le bonheur
de vous posseder, du moins que
j'en étois digne, car ce n'est pas
une petite qualité, que celle de des-
enchanter les Châteaux.

Pour chercher l'histoire de Lusignan & vous prouver que je ne
ment point en vous disant que l'accent Gascon commence icy, voilà
les propres termes dont s'est servy
nôtre Hôtesse. Mon office ne
commence qu'à sept heures du
soir, & ne finit qu'à onze, il est toûjours fort tard quand nous nous
retirons

retirons, je vais frapper à la porte
de la maison que le Marechal des
Logis avoit marqué pour un de
mes camarades & pour moy, la fille
demande, qui toque iquy ; (frappe
icy) comme elle ne vouloit point
ovurir, je dis à mon pretendu valet qu'il m'apportat un pavé pour
enfoncer la porte, en effet je frap-
pay prêts à mettre dedans, si on
ne m'avoit ouvert, je tatay le lit
& me plaignant qu'il étoit trop
dur, elle me repondit, si vous re-
virez (allez) par là haut, vous
trouverez de bien pires lits qu'à
quo (que cela.)

Vendredy 5.

Nous avons couché à Chênay,
petit Village qui n'étoit pas capable de loger le quart du monde,

C

il n'y a eu que la Princeſſe, Madame de Vantadour, & la Princeſſe de Soubiſe, qui ayent couché en un lit, parce qu'elles font mener le leur avec elles. A propos de Madame de Vantadour, vous êtes ſans doute ſurpriſe que je ne vous en aye point encore parlé, que voulez-vous que je vous en diſe, elle n'eſt rien en allant, elle eſt trop grande Dame pour être quelque choſe, tout ce que je peut vous dire, c'eſt que ſon nom, & ſa Perſonne ſont adorez en Province, comme à Paris. L'Equipage qui la voit tous les jours ne laiſſe pas d'être dans la même veneration pour elle, & que tous les matins quand on demande comme ſe porte la Princeſſe, on ajoûte & Madame la Ducheſſe, il ſemble que tout le monde ſoit à ſes gages pour en dire du bien, effectivement on en dit qu'elle en fait par tout, je crois qu'elle oc- cupera une belle place dans la ſe- conde partie de mon Journal. Pour Madame la Princeſſe de Sou- biſe, elle brille icy par ſa beauté, ſa jeuneſſe, qui fait que pluſieurs la prennent pour la Princeſſe, & ſur tout pour la magnificence de ſes équipages, qui ne ſont qu'un foible échantillon de celle qu'on verra á la reception de nôtre Rei- ne; vous allez dire que je ſuis un impertinent de ne parler de nôtre Princeſſe qu'en dernier lieu, vous l'avez vûë, elle eſt belle comme ſes ſœurs, brune de cheveux, blan- che de chair, elle a de l'eſprit qu'- elle cultive par la ſcience, & beau- coup de religion, qu'on admire, & qui édifie dans tous les endroits où elle paſſe, vertu qui la fera adorer des Eſpagnols : de plus elle a une grandeur d'ame qui ne degenere point du Sang des Bourbons, je vais vous en donner une preuve.

Samedy 6.

A Briou, où nous étions encore les uns ſur les autres ; le feu a pris à ſon antichambre d'une telle violence, qu'on ne s'attendoit de la pouvoir ſauver qu'en la jettant par la fenêtre, Monſieur de la Billarderie Lieutenant General, & Lieutenant des Gardes du Roy, qui commande icy pour la Guerre, ou la Garde des Princeſſes, étoit le plus embaraſſé du monde, quoiqu'il ne le parût pas, pour raſſûter les femmes de cette Princeſſe, qui ſe ſauvoient toutes éperduës, em-

portant leurs Pierreries, & ce qu'-
elles avoient de plus precieux, dans
le devant de leurs chemises. Ce
Monsieur de la Billarderie a donné des ordres si sages, & qui ont
été si bien executez, que le feu a
été éteint. Quand il est entré dans
la Chambre de la Princesse pour
la rassûrer, il a été fort surpris de
la trouver aussi tranquille, que si
on l'avoit averty de s'habiller pour
partir. Cette grandeur d'ame qui
est si fort du goût des François,
nous a fait faire plus d'attention à
cette Princesse, ce qui nous a fait
remarquer en elle mille vertus,
dont nous ne nous étions pas ap-
perçûs auparavant. Si vous sça-
viez les termes de la halle, vous
diriez que je ressemble *Gloria Pa-*
tris, & que je me fourre par tout,
pour sçavoir tout : ce terme & cet-

re comparaison grossiere convien-
droient assez à l'article que je vais
ajoûter, & le pourroit confirmer.
Je vous diray que comme il y avoit
plus à gagner qu'à perdre dans les
lits de ce Village, Nos Dames ont
passé la nuit dans la paille, & elles
ont bien fait ; car il y a eu trois Officiers de cuisine, qui ont couché
dans un des lits qu'elles avoient
méprisé, admirez la destinée, celuy qui étoit à la ruëlle a trouvé
vingt-sept de ces petits animaux,
amis de la chair humaine, & com-
pagnons inseparables de la grande
pauvreté, pendant que les autres
en sont sortis sains & saufs.

Dimanche 7.

Nous sommes arrivez malgré
la pluye à S. Jean d'Angely, où

les Habitans ont exercé l'hospita-
lité de la maniere du monde la
plus gracieuse, ils nous ont fort
plaint de la fatigue que nous avoit
causé la pluye continuelle, & les
mauvais chemins qui nous avoient
desolé pendant ce jour. Tous ces
bons traitemens n'étoient qu'une
préparation à ceux que nous de-
vions recevoir le lendemain.

Lundy 8. jour de la Sainte Vierge.

A Xaintes, si les Habitans
avoient pû nous donner le Nectar des Dieux, & tous leur sang à
la Princesse, ils l'auroient fait.
Quelques jours auparavant la Ville avoit envoié un nombre des
meilleurs Chasseurs, qui ont ap-
porté quantité de Perdrix rouges,
dont les plus belles ont été pre-

C iiij

fentées à la Princeſſe avec un cent
de Poires plus groſſes que des ca-
raffes de pinte : comme nous y
avons eu ſejour, les Bourgeois
ont monté la Garde pendant ſoi-
xante-quatre heures à la Princeſſe,
& à ſes équipages.

Quoiqu'il y ait dans cette Ville,
les trois quarts de Catholiques,
qu'elle ſoit même le ſiege d'un
Evêque, il n'y a rien de plus pauvre que ſes Egliſes, & toutes celles de ces Païs, qui ne ſont que de
triſtes veſtiges de leur ancienne
beauté, qui a été ruinée par la fureur des Guerres civiles, où les
hommes ſe permettent tout lorſqu'ils ſe croient animez par un
pretendu eſprit de religion. En
voyant icy, tous ces reſtes d'Egliſe,
on eſt obligé de convenir, qu'il ne
falloit pas moins que la pieté de

Loüis XIII., & la puiſſance de Loüis XIV. pour remedier à ces grands malheurs.

Jeudy 11.

Nous ſommes partis de Xaintes, au grand regret des Habitans, ſur tout de la Compagnie des Cadets, qui ſont les jeunes gens de la Ville qui ſe diſtinguent. Ils ont tenu bal pendant tout le temps que nous y ſommes reſtez, & ſe ſont montrez infatigables, parce que pendant qu'une partie faiſoit faction, l'autre danſoit & tenoit table ouverte. Cette Ville peut ſe vanter qu'elle a été la ſeule qui ait fait des illuminations dans la même quantité pendant trois nuits, ſans quoy nous ſerions pery, en allant coucher, car ces trois

jours ont été la plus belle image
qu'on puisse voir du déluge uni-
versel.

Nous avons couché à Pont, petite Ville appartenant au Prince de
ce nom. Le Peuple n'est pas mé-
chant comme à Lusignan, mais
nous sortions d'avec de si braves
gens, que ceux-là nous ont paru
tout autres.

La Princesse a logé dans le Château du Prince, vieux bâtiment,
fort logeable & qui a un air de
grandeur.

Vendredy 12.

Quoique nous ayons fait neuf
lieues de France, nous ne sommes point sortis des Terres du
Prince de Pont, car nous avons
couché à Mirabeau Village qui luy

appartient , & près du quel il y a
un Château de la plus belle assiet-
te du monde , & qui étoit trés-
fort avant l'invention de la poudre & du plomb. La Princesse n'y
a point cependant logé parce qu'il
n'y avoit point de place pour tout
son monde & qu'il étoit à quatre
portées de fusil du Village , qui
étoit luy-même si petit , que tous
les équipages dont on se pouvoit
passer , ont été dispersés dans les
Villages circonvoisins , comme le
petit Niort &c.

Samedy 13.

Nous sommes arrivez à Blaye
petite Ville , Port de Mer , & un
fort Château qui nous à salué de
toute son Artillerie , de même
qu'une très-grosse Tour , qu'on

nomme le Pâté , qui eſt au milieu
de la Mer , & un Fort de l'autre
côté de ce bras de Mer , qui empêche qu'aucuns Vaiſſeaux puiſ-
ſent entrer dans ce Canal , en quelque nombre , & quelques forts
qu'ils ſoient , parce que deux coups
de canon tirez de terre font plus
d'effet qu'une bridée de cinquante
cinq tirée d'un Vaiſſeau. Quoique j'aye l'honneur de vous en-
tretenir de la Mer , de Vaiſſeaux,
de Canons , & de nôtre embar-
quement de demain , ne croiez pas
qu'on nous expoſe aux hazards de
la grande Mer , nous ne ſommes
que ſur un confluent de deux Ri-
vierres , la Garonne , & la Dor-
dogne qui ſont deux Fleuves qui
ſe vont perdre conjointement
dans la Mer : c'eſt cette jonction
au bec d'Ambeſſe marqué * qui

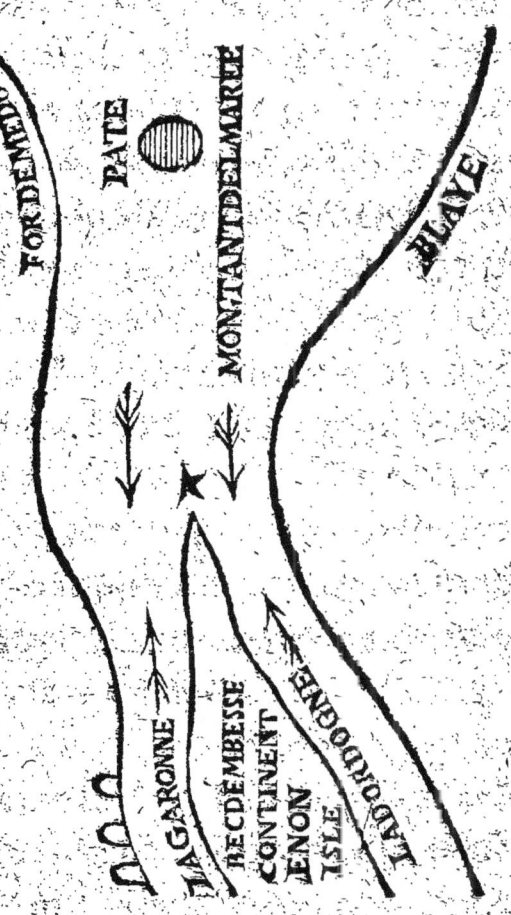

fa
q
P
la
et
vo
fo
da
he
ri
fi
le
Et
re
pl
tr

p
q
co
C
l'

fait tout le danger du paſſage,
quand il fait de mauvais vents.
Pour vous donner une idée de
la Marée qui monte dans les Rivieres, imaginez - vous que vous
voyez la Riviere de Seine ſuivre
ſon cours de Paris à S. Cloud pendant ſix heures, puis les autres ſix
heures remonter de S. Cloud à Paris. Mais il ſemble que je me defie de mes forces, & que je recu-
le pour cela l'Article de Bordeaux.
En effet je ne ſçay comment faire
reſſentir à vôtre ame martiale les
plaiſirs qu'on a prodiguez à l'entrée de la Princeſſe.

LA VILLE DE BORDEAUX la
plus belle de ce grand & vaſte Païs
que nous nommons à Paris Gaſ-
cogne, parce que nous appellons
Gaſcons tous ceux qui appuient ſur
l'E. & l'S finale. Cette Ville de

tout temps illuſtre par ſon Univerſité , ſon Parlement, ſes richeſſes article par lequel je devois commencer , Richeſſes qui luy viennent par la Mer & les Rivieres, par l induſtrie & la valeur de ſes Habitans , qui leur fait mépriſer les dangers des Mers. Cette Ville donc la plus remarquable que nous avons vû , & que nous verrons dans ce voyage, à fait une Entrée ſi magnifique à la Princeſſe, qu'on peut dire qu'il n'y manquoit que des Arcs de Triomphe , pour la rendre des plus celebres. Quelque depenſe qu'on faſſe à Bayonne, je ſuis ſûr qu'on ne pourra rien faire d'égal (quitte à me retracter ſi le cas y échoit) parce que ceux-cy ſont aidez de la nature autant que de l'art; pour le fond des cœurs, il n'y a que Dieu ſeul qui le connoiſſe.

Les Jurats qui font les Echevins
ont envoyé Samedy à Blaye avec
la Marée six Chaloupes, dont il y
en avoit quatre de peintes comme
leurs rames : Ces quatre en trainoient une cinquiéme, qui avoit
bien plus l'air d'un Palais de The-
tis, que d'un bâteau. Ce bâtiment
ressembloit fort au Billard du Roy
dans son bosquet des Thuilleries,
il étoit de la même grandeur,
meublé magnifiquement de Velours cramoisy, avec de grands
galons & franges d'or. Les cent
Rameurs qui montoient les quatre premieres Chaloupes, étoient
habillez de bleu en Matelots, &
galonnez d'argent, aussi bien que
leurs bonnets. Derriere il y avoit
une Chaloupe qui étoit la bouche,
(c'est la cuisine particuliere du
Roy) à côté une autre Chaloupe

conduifoit l'Opera de Bordeaux,
revû, corrigé & augmenté de
plufieurs Bourgeois, qui joüioient
paflablement de quelques inftru-
mens. Ils n'ont pris de repos pendant les fept lieuës de paflage,
qu'autant que le Trompette * des
Gardes du Roy leur en a voulu
donner dans les intermedes qu'il
prenoit quand il lui plaifoit : cet inf-
trument eft magnifique fur l'eau,
fur tout quand on en fonne aufli
delicatement que cet homme, qui
faifoit grand plaifir à l'Equipage
pendant la route, parce qu'il ne
manquoit point de fonner au fouper & au diner des Princeffes, ce qui
marquoit qu'elles étoient au def-
fert, & qu'il falloit *remuer le camp,*
ce qui fignifie en terme moitié la-
tin & moitié poliffon, *s'en aller.*

* *du Moulin.*   toute

Toute cette musique, & le Trompette même malgré toute la force de ses polmons, étoient souvent interrompus par des decharges de Boëtes, & Canons, qu'on tiroit des Maisons de campagne sur le Rivage, mais ils ont été obligez de cesser tous à une demie lieue de la Ville, ou nous avons trouvé les premiers Vaisseaux à l'Ancre, rangez sur deux lignes, tout le long de ce Port qui a la figure d'un croissant, ils étoient ornez comme un jour de Fête ou de Combat. C'est icy que la langue ne peut representer qu'imparfaitement les plaisirs, que la vûë & l'ouye ont ressenty; sur tout ceux qui n'ont jamais vû la Mer, qui est un magnifique Theatre de la grandeur de Dieu, & des Rois. Il faisoit beau voir des Matelots de toute les na

D

tions de l'Europe , accorder au
fiflet , les mouvemens de leurs
Bonnets , les coups de Canons ,
& les cris de VIVE LE ROY. La
Princeffe avoit grand befoin de
cette recréation pour fe diftraire
de la melancholie & d'une profon-
de rêverie que le grand calme de
la Mer luy avoit caufé , qu'elle a-
voit admiré du balcon qui regnoit
autour de fon Palais , & fur lequel
elle a prefque toûjours refté. Ce
fond de trifteffe commençoit à di-
minuer la joye de l'Equipage qui
l'eftime & l'aime infiniment , depuis qu'il connoit fon merite : toute la trifteffe, s'eft facilement diffi-
fipée , & agreablement étourdie ,
par ce grand & magnifique bruit
de Guerre , Tambours , Tymbales , Hautbois , & ce tintamarre de
Canons des Vaiffeaux , du Châ-

reau Trompette, & de la Ville,
pendant lequel la Princesse est
descenduë sur un Pont roulant où
les Jurats l'attendoient pour la haranguer. Ces Jurats ou Echevins
ne sont point habillez en Marguil-
liers ou Bedeaux comme ceux de
Paris, ils étoient galonnez d'Or &
d'Argent, leurs robes étoient très-
riches & relevées d'un air galant,
pour découvrir apparement la garde de leurs Epées, les plumes toutes droites sur leurs chapeaux, les
rendoient assez semblables à des
Heros de Theatre. Ils ont con-
duit la Princesse à leur Hôtel de
Ville, par une belle ruë tenduë
de Tapisseries, & entre deux
hayes de Bourgeois sous les armes,
que vous auriez pris pour autant
de Capitaines d'Infanterie, tant
ils avoient bon air, ils sont très-

bien disciplinez, ils l'ont bien fait voir dans la garde nombreuse qu'ils ont faite à la Princesse. Il faut remarquer que dans toutes les autres Villes, les Gens de Guerre ont enlevé aux Bourgeois la garde de la Princesse, mais icy ç'a été tout le contraire, car il y avoit un Bataillon du Regiment de la Reine à qui il n'est seulement pas permis d'aller dans la Ville avec leur Epées. Le soir il y a eu illuminations par toute la Ville, de même que le lendemain Lundy, qu'il a esté Fête chommée, un Feu d'artifice devant les fenêtres de la Princesse.

Les Gascons sont trés sensibles du côté de la gloire, sobres, trop menagers, insinuans, complaisans pour acquerir les bonnes graces, ou le bien de ceux qui pourroient leur en faire, interessez & vindi-

catifs, il ne fait pas bon leur marcher sur le pied sans leur en faire
de grandes excuses, encore ne les
receveront-ils pas s'ils sont les plus
forts. Ils sont extremement
prompts, & parlent si bref qu'on
ne les entend presque pas. Toutes les femmes de ces Païs ont la
voix trés-glapissante, il y en a peu
de belles, mais quand elles le sont,
elles passent celles des autres Pro-
vinces : la jeunesse y est fort dé-
bauchée, les femmes publiques y
contribuent beaucoup ; il ne fait
pas bon marcher la nuit avec une
femme si on ne sçait se servir de
son Epée, on y court plus de ris-
que d'y être insulté par les jeunes
gens qu'à Paris par les Voleurs :
bien m'en a pris d'en avoir été
averty, car un soir que j'allois re-
conduire deux filles de mon hôtes-

fé , je fus attaqué par deux drôles
qui vouloient avoir leur part de
ma pretenduë bonne fortune, je
les ay repoussé vivement , ils pri-
rent la fuite. Mais pour ne point
me vanter mal à propos , je vous
avouëray que je ne crois pas que
mes coups les ayent autant intimi-
dez , que mon accent qui leur fit
connoître que j'étois de l'Equipage : me trouvant maître du champ
de bataille , je redonnay le bras à
mes hôtesses qui me crurent bles-
fé , parce que je ne parlois pas ,
mais je pensois alors à vous & à
l'embaras dans lequel je serois si
on m'attaquoit en vôtre compagnie ; ma valeur seroit bien rallenuë
par la crainte de vous voir dans
une mauvaise affaire. Si je tuois ,
ou si j'étois tué ; mais aussi si c'é-
toit vous qui fussiez insultée, où

se cacheroient ceux qui auroient été si insolens.

Mademoiselle d'Orleans n'est point allée voir le Château Trompette, parce qu'il y avoit eu la petite verole. Pour Madame la Princesse de Soubise, je ne sçay si c'est qu'elle n'en a pas été avertie, ou si c'étoit pour la braver, mais elle a eu l'imprudence d'y aller, dont je luy ay voulu bien du mal pendant huit jours, craignant qu'elle ne nous rendit point le service que j'attendois d'elle pour ma patrie, qui est d'aider nos Dames Françoises à remporter le prix de la beauté dans l'Isle de la Conference.

Le Château Trompette est un ouvrage digne de la magnificence de Loüis le Grand, il est tout de pierre, bâty sur pilotis, il y a environ cinquante ans. Sa figure est

D iiij

quarré long, à six Bastions, il y a
deux demies Lunes du côté de terre, la Mer & la Garonne rem-
plissent les Fossez d'eau pendant
douze heures, il commande la
Ville & le Port, les bâtimens en
dedans sont à l'épreuve de la Bom-
be, & peuvent contenir quatre
mille hommes à couvert.

Il géle depuis Dimanche, mais
sans vent, la glace a été épaisse de
deux doigts, il dégele & il pleut
aujourd'huy.

Vendredy 19.

Que nous nous metons en marche
pour gagner Castres, nous avons
eu toutes les peines du monde à
trouver le couver, nous étions
douze couchez dans un pressoir,
pour moy je n'ay point dormy, de
la

la peur que j'avois que la noix ne rompit, & que nous ne fussions foulez comme la vendange.

Samedy 20.

Les Habitans de Langon ont imité selon leur petit pouvoir le bon cœur des Habitans de Xaintes ; ils ont témoigné le même amour envers la Princesse, & ses Gens. Garde joyeuse & illuminations pendant la nuit, dans la Ville & les Fauxbourgs.

Dimanche 21.

Nous avons couché à Bazas, petite Ville : La Princesse à logé à l'Evêché, c'est icy la premiere Eglise que nous ayons trouvé de passable depuis Orleans : les Hu-

E

guenors ayant été chaſſez , comme ils n'avoient encore brûlé que
l'Evêché , ſur la porte duquel eſt
une inſcription latine où cela eſt
écrit , il y a trente ſept ans que M^r.
de Gourgues en eſt Evêque.

Il y a quatre jours que je n'ay
écrit , étant indiſposé d'un rhume
cauſé par les fatigues du voyage ,
& les pluyes continuelles. Un ver-
re de vin d'Eſpagne preſenté de
la main la plus gracieuſe de nos
Déeſſes * m'a preſque reſſuſcité.

Lundy 22.

Nous voilà enfin arrivez à ce
giſte ſi redoutable depuis Paris ,
giſte dont le nom de mauvais au-
gure nous rendoit malades , il ſe
nomme Captieux.

* *Mademoiſelle le Moine.*

La nuit de Captieux.

La Princeſſe n'a pas été peu ſurpriſe de ſe voir une Ecurie pour
Antichambre , & une Chambre
ſans vitres. Si ce gîte étoit venu
trois jours plus tard , une Reine
de la terre auroit eu une grande
conformité avec la Reine du Ciel,
car elle n'étoit gueres plus éloi-
gnée de la Creche , que la Sainte
Vierge. La Chambre a été toute
la nuit jonchée de Dames. La belle occaſion , & la belle matiere ,
ſi cecy étoit arrivé du temps de la
Reine Marguerite , & que Madame de Villedieu en eut décrit les
intrigues , & les avantures amou-
reuſes. Mais dans cette Cour-cy,
il n'y a que de la devotion qui nous
eſt inſpirée par Madame la Mar-

quife de Chiverny Gouvernante de Mademoifelle. Je vous diray auffi que chacun eft fi fatigué grands & petits qu'on n'a gueres envie de rire.

Pour Meffieurs les Gardes du Roy, ils ont balancez s'ils cede-roient leurs logemens à leurs chevaux, étant la coûtume des bons Cavaliers de ne fonger à eux que quand leurs chevaux ont leur af-faire : toûjours eft-ce la maxime de Monfieur vôtre pere ? Enfin aprés une meure deliberation, ils ont envoyé les chevaux dehors & ils font reftez dedans.

Pour nos Dames elles ont étée decontenancées de fe voir dans un galatas entre deux écuries ; elles en ont perdu l'appetit à fouper, mais leur belle humeur eft reve-nuë à l'arrivée de plufieurs Meffi-

53

eurs fort polis, & d'une agreable
conversation qui leur ont promis
de leur tenir compagnie. La premiere consultation qu'on a faite
en presence de Messieurs de la Fa-
culté a été sur les commoditez.
Il a été ordonné par Monsieur le
Premier Medecin de prenre garde
aux vens coulis : Messieurs les Au-
moniers ont opiné a passer la nuit
en prieres, pour se disposer à la
Fête de Noël ; mais Messieurs les
Pages du Roy leur ont coupé la
parole tout *rasibus*, sans prendre
garde que c'étoit le tour à Monsieur de Joüy Ecuyer du Roy pour
parler, mais ils avoient leurs rai-
sons, ils craignoient qu'avec sa
prudence ordinaire il ne donnât
quelque conseil si sage qu'il ne fût
suivy de tout le monde. Comme
ordinairement les sages se laissent

E iij

conduire par les fols , ils ont en-
trainé toute la compagnie dans
leur opinon , ils ont conclu qu'on
feroit quelques parties de quadrille
& de piquet , & qu'on jouroit à
de petits jeux d'efprit. On s'eſt
laſſé de tenir une poſture auſſi gê-
nante que celle d'être aſſis dans
la paille , & de n'avoir que ſes
draps pour tapis , on a parlé de
dormir : mais les fcrupuleuſes ont
dit qu'elles ne ſe coucheroient pas
que toute la jeuneſſe ne fût ſortie.
Comme les jeunes gens ſont aujourd'huy bien plus polis qu'autre-
fois , Monſieur Felix le Fils , &
les Pages ſont ſortis , à la reſerve
d'un nommé Monſieur de Fre-
mont à la Princeſſe Soubiſe. Ce
malicieux s'étoit couché le long
de la muraille , s'étoit fait couvrir
de paille , enforte qu'il devoir ſe-

vir de traverſin à pluſieurs Dames : on commençoit à s'endormir aprés avoir dit mille jolies
choſes ; mais chacun ſe reveilla au
cry de nôtre Venus, qui s'eſt allé
jetter entre les bras de qui l'a voulu recevoir. Quand elle a été revenuë, ell'a repondu que le ſujet
de ſa peur, étoit qu'en ſe tournant
elle avoit mis la main ſur de la chair :
on a pris de la bougie pour chercher à l'endroit qu'ele montroit, on
s'eſt éclaté de rire quand en levant
quelques brins de paille, on a decouvert la tête de ce jeune Monſieur qui faiſoit ſemblant de dormir profondement. La Demoiſelle a rougy vingt fois de la guerre
qu'on luy faiſoit ſur ſon humeur
peureuſe, elle ne s'eſt tenué aſ-
ſurée qu'en ſe mettant entre Madame la Nourrice, & Mademoi-

felle fa Fille dont je ne vous ay
point encore parlé & j'ay eu raifon, parce qu'il me falloit du tems
pour detruire la prevention qu'on
m'avoit donné qu'elle étoit fiere.
Ce qui eft faux, il eft bien vray
qu'elle eft trop ferieufe pour fa
grande jeuneffe, ce qui fait que
quoiqu'elle n'ait pas quinze ans
elle en paroît vingt ; elle a beaucoup d'efprit, parle peu, mais
bien ; elle eft blanche comme la
neige, fes perfections du corps,
& de l'efprit, jointes aux grands
avantages que peut apporter fon
alliance, la rendent un party fort
defirable : fon grand ferieux l'à
prefervé cette nuit d'une mafcara-
des, car Monfieur nôtre Page pour
fe divertir, eft allé ôter tous les
bonnets, & les perruques des
hommes pour les mettre aux fem-

mes, à qui il a ôté leurs coëffures
qui ne tiennent plus depuis quelques années , & les a mifes aux
hommes : Jugez quels éclats de
rire en s'éveillant.

Les Chartiers & les Valets fai-
foient tout leur poffible pour fe-
cher la pluye qui les mouilloit par
derriere pendant qu'ils fe chauf-
foient à grand feu par devant , &
qu'ils beuvoient à longs traits le
vin dont ils avoient eu la precau-
tion de fe munir , pour les aider
à paffer une fi mauvaife nuit.

Les gens de Cuifine ont fait de
leur côté un Pharaon qui a couté
cher à plufieurs qui y ont perdu
d'avance tout leur voyage ; les
Loüis d'Or y rouloient comme il
y a trois ans à la Foire S. Germain,
& fi quelque compagnon de Car-
touche s'étoit trouvé là , il auroit

fait quelque action heroïque fur le chemin d'Efpagne, pour avoir cette Toifon d'or, en dépit de tous les couperets & les broches.

Mardy 23.

Nous avons couché à Roquefort, trés petite Ville, d'ou nous fommes partis

Mercredy 24.

Pour aller à Mont-de-Marfan, où nous avons entendu la Meffe de minuit, pendant laquelle il a tonné fur tout deux grands coups. J'ay oublié de vous dire dans l'Article de Bordeaux que quoiqu'il gelât fi fort, les Rofes fimples y étoient plus communes qu'elles ne le font à Paris à la Pentecôte, &

que nous trouvons icy des Bois de
Pins tout verd comme en May.

Le jour de Noël 25.

Nous avons sejour, & nous l'au-
rons tant qu'il plaira à Dieu nous
fermer les paſſages par les debor-
demens des eaux, cauſez par les
pluyes continuelles, & chaudes
qui fondent les neiges des Montagnes.

Ce ſejour a fort facilité la devotion à nos Dames, qui ont toutes fait leur devoir de Chrêtiennes
pendant ces Fêtes. Comme je ne
ſuis plus aux Jeſuites, & que je ne
ſuis point encore en Eſpagne, je
n'ay point de compte à rendre ſi
j'ay imité leur pieux exemple.

Aprés Vêpres.

C'eſt icy qu'il me faudroit le

ſtyle de l'Auteur de D. Quichot-
te, dont je voudrois être une foible copie, mais comme je ne me
ſens point aſſez de force, j'aime
mieux traiter mes grandeurs en
Philoſophe, qu'en Auteur hiſto-
rien. J'ay vû aujourd'huy un bel
échantillon de la Cour : Je vous
prie de me pardonner une faute
que je vous avoüe avec tant de
ſincerité ; je vous jure cependant
que je ne me repens point, par
l'honneur qu'elle vous fera & à
moy auſſi. Cette relation qui juſqu'à Bordeaux n'avoit été faite
que pour vous, eſt devenuë com-
mune entre dix ou douze perſonnes de la premiere volée, par l'a-
mitié de Meſſieurs les Aumôniers,
à qui je ſouhaite de voir la tête
fenduë dans quelques années, ils
ont ſçû que j'écrivois tous les ſoirs

ils m'ont demandé à voir mon ouvrage, ils font d'un rang à ne pouvoir être refufez, ils l'ont cru capable de divertir ces Dames dans
une route : Madame la Ducheffe
& Madame la Princeffe de Soubife
ont eu la curiofité de voir s'il étoit
vray qu'il y eût encore un amant
capable des grands fentimens que
je témoignois avoir pour vous
dans l'original de cette lettre.
Quand je me fuis prefenté pour
entrer Cent - Suiffe , Garde du
Roy, Valet de Chambre, tout s'eft
oppofé à mon paffage , parce que
Madame la Ducheffe écrivoit au
Roy , comme je m'en retournois ,
Monfieur l'Abbé de Pezé nôtre
premier Aumônier m'a fait entrer
chez Madame la Princeffe de Soubife , qui m'a fait la grace de me
conduire à Madame la Ducheffe.

Les oreilles devoient bien vous
corner, car toute la converſation
a roulé ſur vous, j'ay été obligé
de faire vôtre portrait, d'étaler
toutes vos perfections de corps &
d'eſprit : pour celles du cœur, je
n'ay pû en dire aſſez pour les con-
tenter ; vous m'en avez decouvert
ſi peu, que je ne ſçay rien de po-
ſitif : il m'a même fallu dire vôtre
naiſſance, & vôtre état, pour excuſer la grande ſoûmiſſion & le
profond reſpect avec lequel je
vous parle. Je me ſuis retiré un
peu aprés pour éviter les liberali-
tez de Madame de Ventadour,
dont je voyois approcher l'heure,
n'ayant beſoin que de ſa protection
pour faire quelque choſe. J'étois
déja au coin du feu dans la Salle
de Madame la Nourrice, je rêvois
agréablement à tout ce qui venoit

de se passer, je me forgeois les plus belles idées du monde à vôtre sujet par l'honneur d'une si belle connoissance, quand nôtre Venus me fit signe en passant de la suivre, elle me glissa dans la main ce que Madame la Duchesse luy avoit donné pour moy : je le reçûs avec respect ; mes camarades le virent avec envie, pour les consoler je les ay traité en vin pendant la journée.

Mardy 30.

Nous voilà enfin partis de Mont-de-Marsan, graces au beau tems & aux grands soins de Monsieur de Lesseville Intendant de cette Province de Pau : Il n'a rien épargné, il a fait faire des Ponts tout neufs sur une quantité de ruis-

feaux , qui étoient devenus grands
par les pluyes , & dans lefquels les
Dames auroient eu de l'eau dans
les portieres de leurs Caroffes. Il
a fait un œuvre bien meritoire
pour les Cent-Suiffes, qui auroient
bien juré en les paffant fur des chevaux du Païs, fi petits, que les
pieds leur trainoient à terre , ils
auroient étez obligé de les porter
fur leurs épaules dans ces mauvais
paffages. Il n'a pas même oublié
les Gens de pied , en faifant mettre des poutres fur tous les foffez.
Il étoit temps que nous partiffions
de cette Ville que les hommes, &
fur tout les chevaux avoient affa-
mée, malgré les foins des Four-
riers & des Pourvoïeurs ; heureux
ceux qui avoient provifion de bonne farine, & de foin, car ils l'ont
bien venduë. Nous arrivons cefoir
à Tartaffe

Tartaſſe petite Ville que la Riviere de Douve rend aſſez marchan-
de, parce que la Marée remonte
dedans.

Mercredy 31.

Nous avons ſejourné.

Jeudy 1. *Janvier* 1722.

Nous allons nous donner pour
Etrenes aux Habitans de Dax. La
Princeſſe a logé à l'Evêché. Cette Ville eſt fort jolie ; il y a une
curioſité, qui eſt une Fontaine
grande comme un baſſin de jet
d'Eau : les eaux ſont boüillantes
dans le milieu & on ne peut tenir
ſa main ſur les bords, elle jette
une grande fumée, à côté eſt un
autre baſſin dans lequel elle tom-

F

be pour la refroidir ; c'eſt là que
vont ſe baigner ceux qui ont des
rhumatiſmes ou d'autres maux
pour leſquels les Medecins envoy-
ent les Gens de Paris aux Eaux de
Bourbon.

Vendredy 2.

Nous voilà dans un gîte pareil
à celuy de Capſieux. Il n'y a eu
que la Princeſſe de logée dans la
maiſon d'un Bourgeois de Bayonne qui étoit aſſez propre. Toutes
les Dames qui n'étoient pas de
ſervice ce jour-là ont pouſſé juſqu'à la Ville, qui n'eſt qu'à trois
lieuës, qui en valent ſept ou huit
de France. Tous les hommes ſont
partis aprés ſouper pour s'y rendre,
c'étoit une partie de plaiſir, tant
le temps étoit beau, & la Lune

brillante. Pour les chemins je ne
sçaurois dire comme ils étoient,
car j'ay toûjours dormy.

Samedy 3.

Je ne seray point obligé de me
retracter. Bordeaux emporte la
victoire pour tout: rien n'approche
ity de la magnificence de cette
Ville.

La Princesse est entrée dans
Bayonne entre deux hayes de Soldats du Regiment de Dauphiné,
& des Bourgeois. Cette Ville que
nous croyons pareille à celle de
Bordeaux n'en vaut pas le quart,
son Port est petit & mal sûr ; il
n'y avoit point dix Vaisseaux,
dont quelques uns ont tiré conjointement avec ses Châteaux ;
on n'entendoit point ce bruit

agréable de Canons, lorſqu'on
eſt aſſûré qu'il n'y a point de danger. C'eſt icy la ſeule Ville de
guerre que nous ayons vû dans la
route ; elle eſt aſſez bien fortifiée,
parce qu'elle eſt frontiere. C'eſt
icy la Tour de Babel pour le langage, ils entendent fort peu ce
que nous diſons ; & nous point du
tout ce qu'ils diſent ; ils ne s'entendent point eux-mêmes à quatre
lieuës les uns des autres. Cette dif-
ficulté pour le langage, joint à la
ferocité des Marchandes, & à la
cherté des Marchandiſes à bien
épargné nôtre argent, car nous
avions tous beſoin de mille choſes
dont nous nous paſſons, ce qui ne
feroit point arrivé, ſi quelqu'unes
de ces femmes, ou filles avoient
fait une année d'apprentiſſage au
Palais à Paris.

La Ville de Bordeaux avoit rendu par elle même nôtre sejour magnifique chez elle : c'eſt la Cour de France, & celle de la Reine Doüariere d'Eſpagne qui ont fait toute la beauté de celuy-cy. Mademoiſelle de Montpenſier eſt allée rendre viſite à cette Princeſſe qui a un air de douceur, & très-majeſtueux, elle eſt grande & bien-faite, quoiqu'un peu avancée en âge, elle eſt Veuve du feu Roy Charles II. Sa qualité de Veuve de Roy d'Eſpagne luy deffend pour jamais le mariage, & l'obli-à ſe cloîtrer, mais cette contrainte ne convient point à ſa nation, les Allemands aimans autant la liberté que les François. C'eſt pourquoy elle a mieux aimé ſe retirer auprés de cette Ville, dans un Palais qu'elle y a fait bâtir, où elle

F iij

vit comme dans un cloître: elle en
eſt ſortie pour demeurer dans la
Ville pendant le paſſage de nos
Princeſſes, les Dames Françoiſes
luy ont toutes baiſé la main un
genoux en terre. Il faiſoit beau
voir ces Dames habillées, j'allois
dire en courtiſanes, mais ce n'eſt
pas le terme, il faut dire en corps
de robe, habillement qui leur eſt
ſi avantageux, & qui étoit ſi fort
du goût de Loüis le Grand. L'Or,
l'Argent & les Pierreries étoient
ce à quoy on regardoit le moins à
nôtre jeuneſſe: ſon air dégagé
étoit ce qui charmoit le plus; il faut
auſſi avoüer que la Cour d'Eſpagne
luy ſervoit d'un grand luſtre. Pour
Madame la Princeſſe de Soubiſe
je ne l'avois jamais vû qu'en negligé, & j'auray grand ſoin de
l'éviter quand elle joindra les or-

nemens exterieurs à la nature ; elle pourroit me faire devenir idolâtre ou bête, car j'avois reçû deux coups de poing d'un Cent Suiſſe ſans m'en appercevoir, tant j'étois extaſié en la regardant, & on dit qu'il m'alloit donner de ſa hallebarde dans le ventre pour me faire ranger, ſi des gens par pitié ne m'avoient enlevé, croiant que j'allois tomber du haut mal. Vous ne m'auriez pas plaint ſi j'étois mort dans cette occaſion, & certes je ne l'aurois point merité, mais je vous jure de n'y plus retourner.

La Reine a rendu ſa viſite le ſoir même ; mais tout s'eſt paſſé à la Françoiſe : le lendemain cette Princeſſe eſt revenuë *incognitò*, & a reſté plus de deux heures avec Mademoiſelle. Pour cette fois elle a ôté ſon voile tout à fait, car il

faut que vous fçachiez que cette
Princeffe, & fes femmes font habillées ny plus ny moins qu'une
Veuve de Marchand, à la Meffe
de l'Enterement de fon Mary.
Dans cette feconde vifite, La Reine a fait de grands prefens à Mademoifelle d'Orleans, & une Epée
magnifique pour le Prince des Afturies, fon futur Epoux.

Tous ces Articles font bien ferieux pour diverir une jeune Demoifelle : mais il n'eft pas féant de
les égaïer, & celuy d'aprés demain
fera encore plus trifte. Nous partons aujourd'huy

Mardy 6.

Pour S. Jean du Luz qui n'eft
point une Ville, mais le plus beau
Bourg de France. Il y a prefque
un

un Port, son Baffin peut contenir Cinquante Vaiffeaux à l'abry
des fureurs de l'onde. La Princeffe
eft allé voir la Mer auffi-tôt qu'elle a été arrivée, elle a été faluée
d'une nombreufe Artillerie, je
puis vous affurer que cette curiofité étoit fort digne d'elle, puifque
c'eft icy la grande Mer, & qu'elle
y eft allée à l'heure que la Marée
étoit dans fon plein : c'eft trop peu
de lire, il faut voir dans cet endroit
la nature confonduë, le Ciel, la
Mer, la Terre & les Monts Py-
renées qui s'élevent dans les nuës,
& dont le fommet eft couvert de
neiges, cette confufion s'étend
jufqués fur les femmes : elles font
toutes habillées, coëffées & auffi
noires les unes que les autres, en
forte que nous ne pouvons diftinguer nos hôteffes même dans leurs

G

maiſons. Pour les hommes je ne
ſçay ſi le Diable les connoît, ce
qui eſt d'aſſûré c'eſt que leur compte ſera plûtôt rendu que le nôtre
au jour du Jugement, car il n'aura que deux articles à regler avec
eux, qui ſeront les pechez de pen-
ſées & d'actions, pour des paroles,
il n'eſt pas en ſon pouvoir : Car
je le defie de les expliquer, jamais
homme vivant ny François, ny
Gaſcon, ny Eſpagnol, n'a pû apprendre leur patois, & il faut y
avoir demeuré vingt ans pour en
entendre quelque choſe. Je veux
vous faire rire de la plaiſante deſ-
tinée d'un Saumon grand comme
un enfant qui eſt retourné à la
mer aprés avoir eſſuyé un court-
boüillon. Un nommé de Lâtre
ſervant la table des Femmes de
Madame de Ventadour allant

chercher ce plat au grand commun, tourna à gauche en ſortant
au lieu d'aller à droit : la nuit & le
broüillard l'ayant trompé, il tom-
ba à la mer ; laiſſa ſauver le poiſ-
ſon : mais il eut aſſez de bonheur
pour ſe tirer avec le plat, qui valoit bien 14 ou 1500 liv. Cette
derniere Ville a fait tout ce qu'elle
a pû pour divertir la Princeſſe.
Trente-deux Paroiſſes d'alentour
ont fait une bourſe pour fournir ſeize Danſeurs Baïques : ils
étoient habillez tous uniformes,
Veſte, Culotte & Bonnet d'écar-
latte galonné d'Argent, des Bas
de ſoye blanche, avec des Echar-
pes à franges, & des Grelots d'Argent par tout. Ils ſont venus danſer devant la Princeſſe avec un
Tambour, ſix Fifres & ſix Tam-
bourins. Elle avoit grand beſoin

G ij

de ce petit divertiſſement : Car
elle approche du terme, c'eſt aujourd'huy.

Vendredy 9. Janvier 1722. à neuf
heures du matin.

Il n'eſt plus temps de rire, il
faut pleurer ou avoir un cœur de
roche : toute la Cour eſt en larmes, nous voyons monter pour
la derniere fois nôtre Princeſſe en
caroſſe. Elle ſeule ne pleure point,
mais la rougeur de ſes yeux la tra-
hit, & je ſçay qu'elle s'en eſt ſi
bien acquittée cette nuit & ce matin, que preſque toute ſa ſubſtance
s'eſt changée en eau. Elle eſt belle
comme le jour aujourd'huy, parce que ſa grande blancheur eſt re-
levée d'un rouge qui luy vient de
la contrainte ou elle eſt en faiſant

la forte. Toute la Cour , hommes
& femmes est d'un air brillant à
éblouïr : ils ont bien fait d'avoir
pris leurs précautions , car ils n'ont
pas eu peu d'affaire de disputer de
magnificence avec celle d'Espagne. Pour la grace & le bon air ny
un Espagnol ny moy , ne pouvons
en être juges & parties : J'aurois
voulu trouver un Anglois desin-
teressé qui eut vuidé nôtre diffe-
rend. Je suis trés content du rôle
brillant que Madame la Princesse
de Soubise y a joüé : nous luy de-
vons une belle chandelle de même qu'à nôtre Venus & à Madame la Nourice du Roy : Car il y
avoit du côté des Espagnoles trois
ou quatre jolies filles qui meri-
toient bien d'être franchiées. Son-
gez que nous n'avions point une
victoire assurée comme à Bayon-

ne. Ce n'étoit pas la Cour d'une
Reine Doüairiere, mais celle d'un
grand Roy né François, & d'une
Reine qui eſt d'une Maiſon où
l'eſprit, le bon goût,& la magnificence ſont hereditaires. Mais il
faut que je ſonge moy-même à
parler en grand ſerieux d'une affaire de la derniere conſequence
& d'où dépend toute la felicité
des deux plus grandes Nations de
l'Europe.

L'Iſle des Faiſans eſt diminuée
d'environ huit ou dix toiſes depuis
le Mariage de Loüis le Grand, ce
qui fait que le Châteauteau contenoit
toute ſa largeur & étoit bâty ſur
pilotis quoy qu'il ne fût que de bois
peint : Il étoit d'un trés bel aſpect,
il a été conſtruit aux dépens de
nôtre Roy, garny des meubles
de ſa Couronne, & de Tapiſſeries

e
n
e
ù
il
à
f
ée
té
le
se
ns
ce
ut
ar
ois
t,
le
es
és

p. 79.

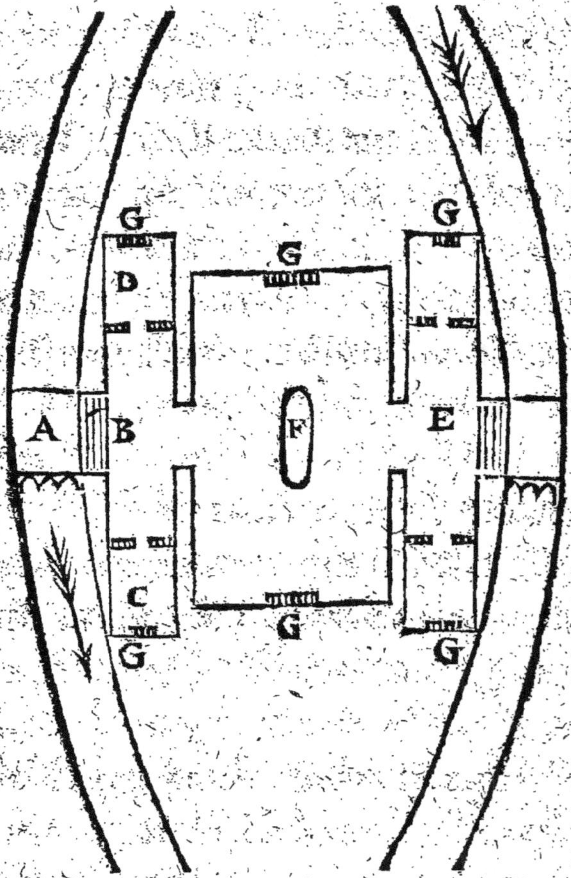

des Gobelins relevées en Or qui
convenoit fort au sujet. En voicy
le plan & l'explication. A. est le
Pont de France. B. les degrèz de
l'antichambre de France. C. le
cabinet de la Princesse des François. D. celuy de ses Gentilshommes. E. le côté d'Espagne tout
semblable au nôtre. F. la table
dans le milieu de la Salle commu-
ne de la conference. G. les six
cheminées. la fleche la double
Riviere qui forme l'Isle. Au
dessus des deux cheminées de la
salle étoient deux dais de velours
bleu à fleurs de lis d'Or qui n'ont
point servy.

A peine étions nous arrivé à la
vûë de Fontarabie dont nous n'a-
vons pas approchez que d'une demie lieuës, que les Canons ont
commencé à faire retentir la Mer

& les Montagnes, & n'ont point cessé pendant que la ceremonie a duré. Malheureusement l'Infante étoit arrivée un quart d'heure avant nous, je dis malheureusement parce que pendant ces momens les Femmes Espagnoles qui l'entouroient attendrissoient cette Princesse en fondant en larmes, comme s'il y avoit sujet de pleurer une Princesse qui va en France ou en Allemagne. S'il y avoit des larmes à repandre c'étoit sur la nôtre, dont le sort ne seroit peut estre pas trop heureux sans son Epoux & son beau-Pere.

Mademoiselle de Montpensier que je nommeray ainsi pour la derniere fois, est arrivée dans l'Isle de la Conference à midy moins quelques minutes. Monsieur le Prince de Rohan luy a donné la

main à la defcente de fon caroffe,
comme il avoit fait à Bayonne où
il l'attendoit depuis trois jours
avec une nombreufe fuite, com-
pofée de quarante Gentils-hom-
mes, feize Pages, & cinquante
hommes de livrée. Ce Prince qui
eft chargé de l'échange des Princeffes avoit eu la prudence de fe
précautioner contre les longueurs
que le Ceremonial caufe ordinairement dans ces fortes d'affaires.
Il avoit envoyé un Courrier fur
ce fujet au Marquis de Ste. Croix
Grand d'Efpagne, Grand Maître
de la Maifon de la Reine, & nommé par leurs Majeftés pour cette
affaire. Ces deux Seigneurs s'ef-
toient abouchez le huit à midy
dans l'Ifle de la Conference, aprés
de grands temoignages d'eftime
& d'amitié : on regla tout ce qui

pouvoit concerner l'échange , &
en abreger les Ceremonies.

Aprés que les Princeſſes ſe fu-
rent repoſées quelque temps dans
leurs appartements , elles en ſor-
tirent , & entrerent chacune par
une porte, ſuivies de leurs Cours
qui étoient d'un grand brillant.
Au-lieu d'aller ſous les Dais qui
leur étoient préparez elles ſe ſont
tenuës debout devant une table
qui étoit couverte d'un tapis de
velours bleu : Monſieur le Prince
de Rohan étoit à la droite de la
Princeſſe des Aſturies ; à gauche
étoient Madame la Ducheſſe de
Ventadour & Madame la Princeſſe de Soubiſe. Le Marquis de Ste
Croix & la Ducheſſe de Monte-
liano étoient dans le même ordre
avec l'Infante : de l'autre côté de
la table, Meſſieurs Dubois, & de

la Roche Secretaires d'Estat é-
toient aux deux bouts, le reste de
la Salle éroit remplie des deux
Cours ; les Antichambres étoient
pleines d'Avanturiers qui avoient
eu le bonheur de se pousser jus-
ques-là, malgré les douze Cent-
Suisses qui pouvoient à peine se retourner & y conserver les Pages,
les Gentilshommes & la livrée du
Roy à qui cette place étoit duë.
Les degrès & le Pont étoient oc-
cupez du cortege du Prince de
Rohan, de Madame de Ventadour & de la Princesse de Soubise:
les Gardes de la Porte, & ceux de
la Prévôté de l'Hôtel étoient à
l'entrée du Pont, soûtenus des
deux Compagnies de Grenadiers
des Regimens de Touraine, &
de Richelieu, dont on en avoit
détaché vingt pour garder dans

l'Ifle les fenêtres de l'Appartement de France. Les Gardes du
Roy étoient rangez en Bataille
vis à vis ce même Pont; ils avoient
à leur gauche les Regimens de
Chartres & de la Tour. Les Troupes d'Efpagne étoient dans le même ordre de l'autre côté de la Riviere. Les Gardes du Roy d'Efpagne font à peu prés habillez
comme les nôtres & bien mieux
montez, mais vivent les hommes
on n'en a pas de ceux-là pour de
l'argent, comme des chevaux
La Rivierre étoit couverte de na-
celles, les rivages bordez d'une
affluance de peuple dont plufieurs
bravoient la faifon en paffant l'eau
jufqu'à la ceinture pour voir une
fi augufte ceremonie. Le Sieur
Darboulin-Fils donnoit du vin de
Bourgogne à tous venans qui a-

voient l'air de quelque chofe fans
prendre garde à la Nation : il n'en
refufoit en commun à perfonne &
en a défoncé deux pieces pour les
Soldats.

Comme on étoit d'accord on a
lû les Articles feulement pour la
forme, je hauffois pour les voir
figner, mais je ne l'ay point vû
parce qu'on m'a caffé le nez d'un
coup de coude : la preffe m'em-
pêchant de foüiller dans ma poche pour avoir mon mouchoir,
j'ay été obligé d'appuyer mon nez
fur le dos de celuy qui étoit devant moy, de forte que d'un Officier du Roy j'en ay fait un Bedeau,
dont l'habit étoit rouge & bleu.
J'ay reçû un moment aprés un autre coup dans le dos qui a auffi tôt
arrêté mon fang. Tout cela m'eft
arrivé dans le mouvement qui s'eft

fait dans la falle lorfqu'on a tiré la
table de côté.

Les deux Princeffes fe font em-
braffées, l'Infante a dit à Mademoifelle qu'elle avoit des complimens à luy faire de la part de fon
frere, qui étoit bien impatient de
la voir, & qu'elle reffembloit fort
au portrait qu'elle luy avoit vû
dans fes mains L'admiration dans
laquelle on a été d'entendre des
paroles fi fenfées dans un âge fi
tendre a caufé un murmure dans
l'affemblée qui en a peut-être fait
perdre encorde meileur. Monfieur
le Prince de Rohan a pris la Princeffe des Afturies par la main &
l'a conduite aux Efpagnoles, puis
il a donné l'Infante à la Déeffe
Tutelaire des Enfans de France.
Ces deux Princeffes ont changé fa
d'appartement, & malgré leur

grande jeuneſſe ont ſoûtenu la gageure avec une conſtance admira-
ble, juſqu'à un moment fatal pour
celle de l'Infante. Monſieur le
Prince de Rohan avoit fait les
complimens du Roy ſur ce double
mariage, les François & les Eſpagnols cauſoient enſemble depuis
une demie heure qui avoit été
employée à diſtribuër les preſens.
La Princeſſe des Aſturies appa-
remment pour allonger le tapis
demanda à voir encore une fois
l'Infante : je crois que c'étoit plûtôt pour ſe faire expliquer quelque
doute par ſa chere Gouvernante
Madame de Chiverny : Les deux
Cours ſuivirent leurs nouvelles
Princeſſes. Celle des Aſturies s'eſt
ſoûtenu, mais l'Infante a cedé à
ſa tendreſſe ; elle n'a pû s'empêcher de pleurer à la vûë de ſes

Femmes qui fondoient en larmes,
auffi bien que les Françoifes. Plufieurs Guerriers n'ont pû cacher
les leurs. Monfieur de la Billarderie que les bleffures n'ont pû é-
mouvoir dans les Sieges & Batail-
les, n'a pû tenir contre ce bataillon
de femmes defolées : je crois qu'il
a reffemblé à S. Pierre, & qu'il
eft forty dehors fous pretexte de
donner fes ordres, mais plûtôt
afin de pleurer amerement la perte d'une Princeffe qu'il avoit couvert de fes yeux pendant cette
longue route.

Ce contrafte de douleur & de
joie qui animoit les deux Cours
ne pouvant qu'être nuifible à la
fanté de tant de perfonnes délica-
tes, Monfieur le Prince de Rohan donna les ordres pour partir
promptement, quoyqu'il y eut
une

une collation magnifique préparée
par la France, dont j'enrageois
bien de n'en point goûter; je ne
sçay qui peut l'avoir mangée, mais
quand je songe à la faim que nous
avions tous, & aux bons morceaux
que nous avons laissé, je ne m'en
sçaurois consoler. Nous avons
appris que l'entrée dans le carosse d'Espagne, a été l'écüeil de
la constance de la Princesse. S.
Jean du Luz, les petits Châteaux
& les Vaisseaux ont été les premiers François qui ont salué l'Infante de leurs Canons. Je vais
finir par le portrait de cette aima-
ble Princesse.

Pour que vous ne me critiquiez
pas & que vous ne m'accusiez pas
de l'avoir flatté quand vous aurez l'honneur de la voir, je
vais vous le faire au naturel.

H

Elle a le front grand & trés-haut, quand elle voudra se laisser coëffer on le luy diminuera tant qu'on voudra. Elle a les cheveux d'un beau blond, mais qui promettent par de certaines nuances qu'à dix-sept ans elle sera une belle brune. Elle a de beaux yeux pleins de feu, le nez bien fait, la bouche petite & vermeille, son visage fait un ovale parfait, ses couleurs sont trés-vives, de même que toutes ses actions, dont les moindres sont accompagnées de toute la bonne grace possible : voilà de belles qualitez pour le corps, cependant il n'est pas impossible qu'elles se rencontrent dans un même sujet : mais pour celles de l'esprit & du cœur elles passent ce qu'on en peut dire, il faut l'entendre parler pour le croire. Elle

eſt douce & compatiſſante au re-
cit des malheurs, & ne ſçauroit
voir faire de mal : cela ne l'em-
peche point d'être ſevere & juſte.
Je vais vous en donner un exemple de Poitiers. On joüoit devant
elle les Marionnettes, elle a con-
damné Polichinelle à quinze jours
de priſon, parce qu'il avoit inſulté
les Demoiſelles qui danſoient en
leur donnant des coups de pied
dans le ventre ſans ſujet, elle a
conçu tant d'indignation contre
luy, qu'on a eu beau luy repre-
ſenter qu'il étoit le principal Ac-
teur de la Piece & qu'on ne la
pouvoit achever ſans luy, elle a
mieux aimé quitter ce divertiſſement que de revoir davantage ce
brutal. Pour les qualitez de l'eſprit imaginez-vous en tant qu'il
vous plaira, vous n'en approche-

H ij

rez pas : n'allez cependant point
croire qu'elle parle comme Cice-
ron, elle parle comme un enfant,
mais un enfant qui auroit des ré-
ponses preparées pour les questi-
ons qu'on luy fait , & qu'elles de-
bite avec une vivacité surprenante,
sur tout quand on la dispute, plaisir qu'on luy donne , & qu'on se
donne souvent pour l'égayer.
Comme il n'est pas permis à tout
le monde de se trouver dans ses
heures de familiarité pour être
témoin de ce que j'avance, je vais
vous prouver ce que je dis par le
gain d'une gageure que j'ay faite
icy. Voyant que cette jeune
Princesse entendoit tout ce qu'on
luy disoit en François , & qu'elle
repondoit fort à propos , oüy &
non ; j'ay gagé un Loüis qu'elle
diroit tout ce qu'elle voudroit en

nôtre langue avant que nous fuf-
fions à Paris, qu'il mettroit cinq
Juges de fa part, & que je n'en
aurois que deux du mien. J'ay tiré
mes 90 liv. à Châtres par l'aveu
de mes fept Juges : j'ay gagé un
peu en fripon étant trop fûr de
mon fait, parce que je fçavois
que quoyque veritablement ellé
ne fçut pas quatre mots de François elle avoit grande difpofition
à l'apprendre, & que dès qu'elle
a pû parler elle a dit qu'elle feroit
Reine de France, ce qui luy étoit
fans doute fuggeré par fes Femmes, parmy lefquelles il s'en eft
trouvé une affez hardie il y a un
an pour repondre à l'Ambaffa-
deur d........ qui vouloit luy
faire un compliment en luy difant
qu'il la regardoit comme fa future
Reine. Elle prit la parole pour

l'Enfant & dit à son Excellence
que sa Maîtresse tendoit plus
haut.

Tout est double à nôtre retour,
ce Païs-cy est bien meilleur François que la Flandre. Comme ces
gens-cy ne connoissoient pas le
merite personnel de nôtre Princesse, ils ne faisoient que ce qu'-
on leur commandoit; mais à present ils en font plus qu'on ne leur
demande, parce qu'ils regardent
cette double alliance comme un
nœud indissoluble de la Paix entre la France & l'Espagne.

Vous voyez, Mademoiselle,
que voilà une Lettre assez ample,
& qui merite bien reponse. Je
l'attens de vôtre bonté, & je ne
commenceray point le retour que
vous ne me l'aiez ordonné. C'est
la grace que j'attens de vous &

celle de me croire avec toute
l'eftime, la tendreffe & le respect poffible.

MADEMOISELLE,

Vôtre très-humble & très-
obéïffant Serviteur,
J. F. H.

Le Retour.

MA Chere Demoiselle.

IL me semble vous entendre en lisant l'augmentation de ce titre, dire à Mademoiselle vôtre amie, voyez cet Amant que vous me vantiez si respectueux, qui prend dejà des libertez pour une vaine esperance de fortune; si une ombre d'honneur luy change les mœurs, que seroit-ce si ce bonheur étoit réel, voyez comme tout homme est homme. Il est vray, Mademoiselle, je suis même plus homme qu'un autre,

I

car si j'ay quelque chose de bon,
& si je me suis corrigé de quelque
défaut, j'en suis bien plus redeva-
ble à l'envie de vous plaire, qu'à
la nature. Excusez mon transport,
je n'en suis point le maître, dans
la joye que me donne l'esperance
de vous revoir bien-tôt. Cette
joye m'occupoit si fort, joint à
ce que vous ne m'aviez point honoré de vos ordres pour écrire le
retour, que je n'y aurois point
pensé, si je ne m'étois souvenu que
vous voulez qu'on vous prévien-
ne, & si les Habitans de la pauvre
petite Ville de Langon n'avoient
reveillé mon indolence. J'ay une
provision d'histoires capable de
fournir à une conversation de trois
mois, & qui donneront une ample matiere à vos grandes & seri-
euses réflexions. Je vais donc

vous dire deux mots de Saint Jean du Luz. Le Bourg est fort beau, quoy qu'il soit sur le bord de la grande Mer, il ne s'y arrête point de ses grands Vaisseaux, parce que l'abord est difficile, & le bassin peu profond. C'est dans l'Eglise de cette Ville, que s'est fait le Mariage de Loüis le Grand avec l'Infante d'Espagne. Je crois que c'estoit pour voir cette auguste Ceremonie qu'on a fait trois rangs de loges comme à l'Opera. Les Ceremonies qu'on y observe pour les Morts, & ces trois rangs de galeries, font qu'elle ressemble plus à une Synagogue de Juifs, qu'à une Eglise de Chrétiens.

Je reprens le fil de mon histoire generale, ou journal à l'entrée de l'Infante en France.

Le 9. Janvier 1722. à deux heures
aprés midy.

J'ay finy la premiere partie par
les Ceremonies de l'échange, le
tintamarre des Canons de France
& d'Espagne, la jolie entrée des
Basques ou Masques, car c'est
presque la même chose, puisqu'il
battent le même Tambour, & ne
marchent qu'en dansant. Je ne
vous feray point de repetitions,
& je ne vous diray des Villes où
nous repasserons que ce que j'auray oublié en allant.

Dimanche 11.

Nous sommes retournez à Bayonne, où nous avons un seul
sejour qu'on a employé à partager

les prefens de la Reine, à la Mont-
gommery s'entend, c'eft à dire
tout d'un côté, & rien de l'autre,
les Dames, les hauts Officiers,
les Gardes du Roy & les Cent-
Suiffes font contens; pour les in-
ferieurs, ils ne le font gueres, parce qu'on garde leur part pour Paris. Ceux qui aiment à parler mal
de leurs Superieurs, difent qu'il
ne faut s'attendre a rien, fi le Ju-
bilé eft finy lorfque nous y arri-
verons.

J'avois oublié de vous dire qu'il
y a à Bayonne une cage de fer,
dans laquelle on enferme les filles
de joye; cette cage eft penduë au
bout d'une folive, fur le bord de
la Mer, dans laquelle on plonge
la pauvre malheureufe, jufqu'à
ce qu'elle n'en puiffe plus, ne croyez pas qu'on exerce ces rigueurs

L iij

fur toutes celles qui ont de l'amour
pour le prochain , car cette puni-
tion eſt rare, & n'arrive qu'à celles
qui ſont ſi bonnes , qu'elles ne
font exception de perſonne : celles qui ont des amis puiſſans, ſe
moquent de cette juſtice.

La Providence a ſeché les larmes d'une Demoiſelle* de la Princeſſe des Aſturies par une avan-
ture aſſez particuliere. Elle étoit
logée au deſſus d'une office , ſa
mélancolie , & les larmes continuelles qu'elle répandoit depuis
la perte de ſa chere Maîtreſſe,
l'avoient endormi profondement:
elle s'eſt cependant reveillée par
le petillement de la flamme, qui
gagnoit déjà ſon plancher; elle
s'enfuit au milieu de la rüe, elle
étoit auprés du Corps de Garde,

* Mademoiſelle Saunois.

l'Officier l'y conduisit avec beaucoup de politeſſe, pour la rechauf-
fer. Comme elle eſt jeune, &
aſſez belle, vous pouvez croire
que dans le negligé où elle étoit,
elle excitoit plus que de la com-
paſſion ; auſſi l'Officier employ-
oit-il toute ſa Rethorique pour
la conſoler ; elle n'a jamais été
mieux gardée, & ne s'eſt jamais
cru moins en ſûreté, que pendant
les deux heures qu'on a mis à é-
teindre le feu : elle a eu le bonheur
de ne rien perdre, parce que l'on
croyoit que tout appartenoit au
Roy ; ce qui eſt aſſez rare dans
ces ſortes d'occaſions, où les tra-
vailleurs ont coûtume de ſe payer
par leurs mains.

I iiij

Mardy 13.

Nous allons non pas coucher, mais passer la nuit à S. Vincent, à la belle étoile n'y ayant que huit ou dix maisons.

Mercredy, Jeudy & Vendredy, 14. 15. & 16.

Nous sommes restez à Dax, la Princesse a logé encore à l'Eveché, il étoit gardé par les Invalides qui y sont en garnison : le soir il y a eu un feu de joye, & des illuminations toutes les trois nuits. L'Evêque s'étoit logé dans la maison proche de son Palais, ou il a tenu table.

Samedy 17.

On est arrivé à Tartasse, où j'ay dormy comme à l'heure qu'il est par un drôle d'accident. Il y avoit deux lits dans la chambre, celuy de l'hôte & de l'hôtesse, & le mien. A peine étois-je dedans, que voilà la femme qui se plaignoit depuis midy, qui commence à jetter les hauts cris, le mary se leve, & va chercher la sage-femme, je me levay aussi, je rallumay le feu, je fis chauffer mes draps, à telle fin que de raison, & bien m'en prit, car un moment après, je reçus dedans une grosse fille, la femme, l'enfant, & moy sur tout nous étions bien embarassez. Je fis chauffer du vin, mais je ne pûs jamais luy en faire boire ; je

commençois à m'en servir pour
la debarboüiller, quand le mary
entra avec plusieurs femmes, qui
firent de grands éclats de rire voyant la mauvaise grace dont je m'y
prenois, je me defis bien vîte de
ma sotte commission, j'achevay
de m'habiller : comme aprés mes
services je n'étois point de trop,
quoyque garçon, j'ay passé la nuit
à boire avec le godard à la santé
de l'accouchée. Si nous avions eu
sejour comme en allant, j'en aurois été le Parrain, & vous ne dou-
tez point que je ne l'eusse nommé
Madelon.

Dimanche 18.

Les Habitans de Mont-de-Marsan nous ont reçû fort honorable-
ment, comme en allant, mais ils

ont tout mis par écuelles, quand
ils ont ſçû que nous partions le lendemain : ils ſe ſouvenoient du
long ſejour que nous y avions fait,
& qui avoit conſommé tout leur
foin.

Lundy 19. à Rocquefort qui
n'eſt pas l'endroit d'où vient ce
bon fromage. Je ne puis vous en
dire autre choſe ſinon que c'eſt
un vilain trou.

Mardy 20. à Captieux.

On n'a pas paſſé la nuit ſi pau-
vrement, ny ſi agreablement que
la premiere fois : heureuſement
pour ceux qui étoient à la belle
étoille, qu'aulieu de pleuvoir comme en allant, il geloit raiſonna-
blement, mais le remede n'y eſt
pas ſi difficile à trouver, car outre

le bois que le Roy donne , les Valets & les Chartiers ont fait une
cruelle guerre aux Pins dont il y
en a beaucoup en ce Païs.

Mercredy & Jeudy, 21. & 22.

A. Bazas. L'Evêque a fait encore les honneurs de la Ville : son
pauvre Palais & sa belle Eglise é-
toient illuminez jusqu'au clocher,
je vous diray de bouche la reception que l'Infante luy a faite.

Vendredy 23.

Langon ce pauvre Langon qui
remporte la victoire de la route,
malgré les magnificences & toute la vanité des Bourdelois, parce
que le bon cœur y étoit general.
Ce Langon n'a pas mieux fait que

la premiere fois, car elle avoit fait
tout ce qu'elle avoit pû ; n'ayant
point de tapisseries, ils ont fait
un Arc de triomphe sur la porte,
avec des festons & des couronnes
de verdures & de fleurs, ils avoient
invité tous les Villages circonvoisins, pour augmenter le nombre
de leur garde. Les Jurats y avoient
procuré l'abondance, son vin de-
licieux se vendoit à bon marché,
la joye des Habitans étoit grande
à l'entrée des Princesses, des feux
à leurs portes, des chandelles aux
fenêtres : mais cette joye a été
changée en chagrin, quand ils se
sont vû trompez dans leurs espe-
rances le lendemain matin. Ils
s'attendoient que la Ville de Bordeaux envoyeroit des Deputez,
pour prier l'Infante de s'arrêter
un jour ou deux jusqu'à ce que

leurs preparatifs fuſſent achevez, mais elle eſt partie ce matin à huit heures. Ces pauvres gens avoient un vray chagrin de ſe voir dans une ſituation à ne pouvoir eſperer que les Princeſſes y fiſſent du ſejour. On peut dire qu'ils ont bien diſputé pour le bon cœur avec les Habitans de Xaintes. La femme de mon hôte, & nouvelle mariée, étoit fort en colere contre ſon mary de ce qu'il ne s'étoit pas échapé quelques momens de la garde, pour venir voir ce qu'elle faiſoit avec un jeune homme couché chez luy. Cette ſecurité qui auroit fait plaiſir à tant d'autres, luy cauſoit des accès de fureur; parce qu'elle la traitoit d'indiffe-rence : il n'a pas tenu a elle que je ne l'aye vengée; elle en valoit bien la peine, & c'étoit fait de

ma virginité, si je n'avois pensé
à vous dans ce moment. J'ay suivy le precepte des Saints Peres,
qui disent que dans ces sortes de
combats, on ne remporte la victoire que par la fuite, sous pretexte d'empecher le monde de parler, ou plûtôt parce que le diable
me tentoit d'une si rude force que
j'aurois succombé. Je me suis en-
fuy, ne croyez pas que je sois allé
éteindre mes feux, en m'exposant
au froid, ny que j'aye pris la haire
& le cilice ; ces pieuses actions ne
font point de saison en voyage.
Je suis allé au meilleur vin noyer
ma passion, & le souvenir de cette
femme, qui dira toute sa vie que
je suis un sot.

Samedy 24.

Il y a huit jours qu'il n'a plu, li suffit que nous approchions de ce detestable Village de Castres, pour que nous soyons moüillez jusqu'aux os : il y avoit aussi huit jours qu'il geloit, quand la pluye nous attrapa en allant, & encore pour nous achever nous n'y pouvons trouver que le couvert. Je prends le temps que tous les autres dorment autour d'un grand feu, pour vous écrire tout debout sur le cul d'un tonneau, qui étoit il a un mois le meilleur meuble du pauvre Jardinier chez qui nous sommes logez. Un Jurat de Bordeaux nous attendoit depuis midy pour complimenter l'Infante, sur la joye que la Ville auroit le

lendemain

lendemain de recevoir une auſſi
aimable Reine.

Dimanche 25.

Nous partons par une grande
pluye qui derange extremement
la Cour & la Ville de Bordeaux,
puiſque pour honorer cette entrée,
la Cour avoit reſolu de s'habiller,
& les Caroſſes avoient leur rang
marquez par Monſieur Joüy
Ecuyer du Roy. L'Equipage du
Prince de Rohan auroit fait le
plus bel ornement, ſi la pluye ne
l'avoit pas empêché ; les Plumets
de ſes Gentilshommes & de ſes
Pages étoient auſſi gâtez que celuy
de Monſieur vôtre Frere quand
ſon cheval a eu l'honnêteté de ſe
coucher dans l'eau, le premier
jour qu'il mit ſon habit d'Ordon-

K

nance pour aller voir sa Maitres-
se. Heureusement nous voilà de-
livrez de la noble & incommode
compagnie de ce Prince dont le
grand cortege nous mangeoit tous
les jours cent vingt lits de maî-
tres, si nous en voulons croire les
Maréchaux des Logis, & cela
dans les cinquante lieuës du plus
sterile passage. Comme la nature n'avantage pas tant cette Ville
du côté de la Terre que de celuy
de la Mer, elle a eu recours à
l'art. Nous sommes entrez par
dessous trois Arcs de Triomphe,
un à la grande Porte, le deuxiéme en entrant dans la Place
& le troisiéme à l'Hôtel de Ville.
Je ne vous expliqueray point les
devises des deux premiers, comme vous voyez que je ne le fais
point dans mon imprimé. Le pre-

mier se rapporte à M. le R. qu'ils
ont representé sous la figure de
Janus, qui voit le passé, & l'ave-
nir. Comme nôtre Chartier avoit
accroché cet Arc, que les Habitans le maudissoient & de plus
qu'il pleuvoit à sceaux, je n'ay
point voulu me moüiller pour lire les devises, mais j'en ay trouvé l'Auteur chez mon Imprimeur
qui m'en a fait un si long detail,
que j'ay tout oublié. La princi-
pale devise du second Arc étoit
fort bonne. C'étoit encore S. A.
R. qui sous la figure d'Apollon
rassembloit par les doux accords
de sa lyre le Coq, le Lyon &
tous les autres animaux, qui en-
trent dans les Armes de l'Europe.
Enfin la grande devise du troisiéme étoit, *Infans Themis, hospes
Jovi, rata conjux.* Comme il fau-

K ij

droit vous dire six pages de l'hiftoire Poëtique, je vous en garde
l'explication pour quand j'auray
l'honneur de vous voir. Il faut
rendre justice à qui elle est dûë,
malgré la grande vanité des, riches de cette nation Gafcone, &
l'insolence du peuple, j'auray
l'honneur de vous dire qu'ils ont
fait un Pont pour la commodité
de l'Infante & de fa Cour, qui
femble avoir été bâty de la main
des Fées, je vais vous en faire
convenir quoyque vous ne foiez
point une trop bonne Architecte;
Ce Pont eft de pierre, large de
foixante pied & à cinq arches: Il y
a quarante ans que les Jurats l'ont
projetté, & il a été bâty en qua-
rante-deux jours que nous avons
été hors de cette Ville. La garde
à été auffi belle pendant les huit

jours que la premiere fois , avec
cette difference qu'au lieu des Capitaines des Quartiers , c'étoit un
Jurat qui la commandoit. Ces Jurats ne font point de gros Marchands comme à Paris , mais des
Marquis ou des Comtes. Le lendemain il y eut un feu d'Artifice
magnifique par la prodigieuse
quantité de ces fusées volantes qui
e tirent une à une : il y en a eu
jufqu'à huit cent ; ce qui étoit fur
le theatre a été très-mal executé :
tout a manqué hors les Serpente-
aux. Le Mardy la Cour s'eſt habillée pour recevoir la viſite du
Parlement : les Jurats ſe font trai-
tez tout le temps que l'Infante eſt
reſtée à l'Hôtel de Ville. Les Juifs
ſont icy preſque en auſſi grand
nombre qu'à Bayonne , où il y en
un quartier entier , parce qu'on eſt

éloigné du Soleil, je veux dire
de l'éclat de la pieté de nos der-
niers Rois. La vûë de ces Juifs
dans ces deux Villes nous y a rendu trés circonspects du côté de
nôtre vaisselle d'argent & d'or,
que nous laissions coucher sur les
chariots en pleine ruë, dans tous
les autres endroits, sans qu'aucun
Chretien eut la hardiesse, ny la
pensée d'y toucher. C'est ce que
je disois à un d'eux, sans croire
qu'il le fût. Vous sçaurez que je
suis resté à Bordeaux trois jours
aprés la Princesse, la plus forte
raison étoit pour ramasser quelques pieces de vaisselle qui étoient
égarées par la negligence des valets, à qui on l'avoit confiée pour
porter le souper des Dames qui
ne pouvoient pas venir à la table,
quand il pleuvoit. Comme c'étoit

les affaires du Roy, & par con-
fequent mon devoir, j'y ay employé ma premiere demie journée, & j'ay tant cherché, que
j'ay tout retrouvé, en faifant mes
exufes chez un des hôtes de nos
Dames qui étoit un riche Marchand où je faifois l'Inventaire de
la vaiffelle d'Etaim; j'y trouvay
une de nos affiettes que je n'aurois
pas reconnu fans les Armes du
Roy: Je luy dis, Monfieur, je
fuis furpris qu'il faille que nous
cherchions ainfi nôtre vaiffelle,
pendant que dans les autres Villes
chacun fe faifoit un plaifir de la
rapporter, cela me fait peur icy,
où il a tant de Juifs, qui n'auroient
pas plus de refpect pour le bien du
Roy, que pour celui d'un autre
Chrêtien. Si j'avois regardé mon
homme en face, je l'aurois vû.

rougir; il me repondit, Monfieur, je fuis Juif, & cependant voilà vôtre affiette, c'eft la faute des Domeftiques de ces Dames qui l'ont laiffé icy ; voilà encore un coffre qu'ils ont oublié, & qu'un Patron de Chaloupe doit venir chercher cette nuit pour leur rendre, felon ce que je le luy ay ordonné. J'aurois voulu retenir mes paroles, me trouvant alors étranger, fans appuy, ni plus ni moins qu'un orphelin abandonné de tout le monde : Je me croyois à tout moment expofé à la fureur fanguinaire de ces Infideles. J'allay à l'Opera pour diffiper mes frayeurs, on y joüoit Ajax, voyez vous qui fçavez l'hiftoire, comme cette Piece étoit capable de me diftraire & de me raffurer. J'allay fouper chez mon hôte, fa
fille

fille étoit de la plus belle humeur
du monde , parceque son Amant
alloit redevenir assidu, ce qu'il luy
juroit devant moy, en la priant de
luy pardonner une absence à laquelle on l'auroit bien forcé pour
plus long temps , s'il avoit manqué à monter la garde pour la
Reine. Je me joignis à luy pour
l'aider à se deffendre. Comme
on avoit grande envie de luy pardonner , j'ay obtenu sa grace très-
facilement , & nous avons été les
meilleurs amis du monde pendant
les deux jours que j'y suis encore
resté. Je croiois être remis de mes
frayeurs , mais elles m'ont refaisy
en me mettant au lit : je croiois
voir une douzaine de Juifs tous
prets à me traiter à la S. Etienne
un grais à la main pour me lapider.

L

Mardy 3. Fevrier.

L'Infante s'est embarquée à Bordeaux fur les huit heures du matin. Les Bourgeois qui étoient en haye depuis fix ou fept ne l'ont point vû, pour moy qui l'attendois auffi, je ne me fuis apperçû de fon depart, que lorfque j'ay vû voguer fon Palais, qui étoit le même que celuy de la Princeffe, il étoit beaucoup plus doré, & tout chargé de devifes. Quand on l'a eu perdu de vûë, la Ville le Château Trompette, & tous les Vaiffeaux ont fait des décharges qui ont duré plus d'une heure : fa navigation a été auffi calme & moins froide que celle de la Princeffe. Il fembloit que la Mer refpectoit fa jeuneffe, car un peu aprés qu'

elle a eu mis pied à terre, les
Vents, la Pluye & la Marée, l'ont
groffie terriblement.

Mercredy 4.

Elle a eu fejour à Blaye.

Jeudy 5.

Elle eft partie pour Mirabeau
Village appartenant avec fon Château au Prince de Pont.

Vendredy 6.

Je fuis arrivé à Pont d'où la
Princeffe étoit partie le matin, &
je n'ay pû rejoindre l'Equipage
qu'à Xaintes, ayant environ dix
fols de refte des trente Piftoles que
j'avois quand on m'a laiffé à Bor-

deaux, & cela fans avoir joüé ni
payé que l'impreffion de la journée de l'Ifle de la Conference, &
fon plan que j'ay eu l'honneur de
vous envoyer. Les Ouvriers m'ont
fait payer la precipitation avec laquelle ils avoient travaillé pour
moy. J'ay encore couru rifque
de la vie, étant party de Bordeaux
par la Marée de neuf heures au
foir : la tempête nous a accueillis
à une demie lieuë par delà le Bec
d'Ambeffe, à deux lieuës du Port
de Blaye : J'ay eu vingt fois envie de me jetter à l'eau, quand le
Bâtiment approchoit de terre,
que nous appercevions quelque-
fois à la fombre lueur de la Lune;
mais la Providence me deftine à
quelque autre malheur. Nous
fommes arrivez à Blaye à une
heure aprés minuit : J'ay couru

à la poste, où on n'a pas voulu
me donner de chevaux, il m'a fallu attendre le jour ; aprés avoir
couru six postes , ne me sentant
plus assez d'argent pour en courir
encore trois, j'ay cherché des chevaux à tel prix que ce fût : il m'a
fallu attendre au soir qu'ils fussent
revenus de Xaintes ; aprés avoir
bu un coup, je suis monté à cheval
avec un guide, & moyennant
neuf livres que j'ay emprunté , je
me suis rendu à Xaintes au point
du jour, aprés avoir marché toute
la nuit par une pluye affreuse.

Samedy 7.

Les Habitans de Xaintes, semblables à ceux de Langon , n'ont
pu faire contre fortune bon cœur.
Ils ont trouvé fort mauvais aussi

L iij

bien que nous, qu'on n'ait point
fait le ſejour chez eux, aprés le
bon cœur qu'ils avoient fait voir
en allant.

Dimanche 8. & Lundy 9.

Nous avons couché à S. Jean
d'Angely : à la verité on ne peut
pas ſe plaindre de la reception,
mais il eſt facheux aprés quatre
jours de marche dans des chemins
abominables, & par une pluye
continuelle, de paſſer de bons gî-
tes, pour en prendre de mauvais.
Pour l'Infante & nos Dames,
hors les lits, elles n'avoient point
trop à ſe plaindre, elles étoient
aſſez au large chez les Benedic-
tins.

Le lendemain a été une de mes
plus belles journées. Je ſuis allé

rendre mes devoirs à Madame la
Ducheſſe & à Madame la Princeſſe de Soubiſe, en leur preſentant
les deux premiers exemplaires que
j'avois fait imprimer à Bordeaux;
Elles ont eu la bonté de l'approuver, & Madame la Ducheſſe a
eu celle de l'envoyer au Roy: elle m'a fait la grace de me dire que
Sa Majeſté avoit fait mettre mon
Epître dedicatoire dans le Mer-
cure galant de Janvier, ce que
j'ay appris par une quantité de
ports de lettres que m'ont fait
coûter mes prétendus amis pour
me feliciter. Si bien donc, Mademoiſelle, que me voilà un homme public; croiez-vous que j'en
reſte là de l'humeur dont je ſuis,
ſur tout ayant deux ſi illuſtres pro-
tectrices. Je puis vous aſſûrer avec
plus de verité, que le Marquis

L iiij

dans le Bourgeois Gentilhomme,
que je parleray de vous dans la
Chambre du Roy.

Mardy 10

On a changé nôtre route, au
lieu d'aller à Briou on nous à fait
coucher à Ville-Dieu qui eſt tout
auſſi pire pour parler harangere.

Mercredy 11.

Au lieu d'aller à Chenay nous
nous ſommes détourné d'une demie lieuës pour aller à Meſl : , petit Bourg qui a fait plus qu'à Bordeaux , & qu'on ne fera à Paris,
parce que la joye y a été generale
& ſans aucune exception. Outre
le feu de la Ville & celuy des Bourgeois , la jeuneſſe à recommencé

fur nouveaux frais , aprés que les
Feux & les Illuminations des peres & meres ont été finis , tout
le Village n'étoit qu'une falle de
danfe pendant toute la nuit , &
ce qu'il y a d'extraordinaire , pas
la moindre querelle ny difpute.

Il faut que je vous dife une chofe qu'ils ont faite à la Princeffe
en allant , par laquelle vous allez
juger qu'il ne faut point condam-
ner les actions , fans fçavoir les in-
tentions. Vous fçaurez qu'ils é-
toient auffi fachez à nôtre paffage,
qu'ils font joyeux à nôtre retour.
En effet ils n'avoient point tort
felon toutes les regles ; la Princeffe devoit diner à S. Leger , grand
Village , qui eft fur le chemin , à
une demie lieuë de ce Bourg , les
Habitans de ce Village & de Mef-
le , l'attendoient fous les armes ,

au nombre de plus de cinq cent,
malgré une pluye effroyable, ils
n'avoient point quitté leurs rangs,
mais lorſqu'ils apprirent qu'on paſ-
ſoit ſans diner, ils s'enfuirent tous
ſe cacher, en grondant, & diſant
que le Roy d'Eſpagne leur avoit
bien fait cet honneur. Vous voyez que ſi j'avois relevé cette action
de dépit en allant, il m'auroit été
difficile de ne la pas dépeindre
avec de méchantes couleurs, &
que je m'y ſerois trompé.

Jeudy 12.

Nous avons fait aujourd'huy
une journée enragée, huit lieües
du païs valant quinze de France,
& cela pour aller chez les ſeuls
mauvais hôtes que nous ayons
trouvé depuis Châtres, aucune

joye, toûjours le même mauvais cœur, heureusement que le Ciel nous a recompensé d'un temps le plus beau & le plus doux du monde, qui nous a continué jusqu'à Poitiers, où nous sommes arrivez le lendemain.

Vendredy 13.

La Noblesse est venuë au devant de l'Infante au nombre de trois cent, tous bien montez, & leurs valets; ils étoient vetus le plus magnifiquement qu'ils ont pû; le Marquis de la Carte brilloit à la tête de cette Noblesse; ils ont suivy les Gardes du Roy deux à deux l'Epée à la main: la Cavalerie bourgeoise habillée uniformement faisoit un corps derriere; ils étoient suivis des Bourgeois du

second ordre, auſſi en habits d'Ordonnance qui gardoient les portes,
les ruës étoient tenduës de draps,
de tours de lits & de tapiſſeries,
les Meſſieurs de Ville ſuivis de
leurs gens habillez comme des
Maſques, ſont venus haranguer
l'Infante : le ſoir il y a eu un feu
d'Artifice dans la place, & les
deux autres ſoirs chez le Lieutenant General où l'Infante étoit logée : les Dragons de Goëbriant
ont toûjours fait double garde à
pied & à cheval. Nous avons eu
ſejour en cette Ville le Samedy
14. Dimanche & Lundy 15. &
16.

Que j'ay l'honneur de recevoir
vôtre belle & ſerieuſe lettre : en
verité je puis la laiſſer voir à qui
je voudray, ſans craindre de vous
compromettre ; on la prendra

bien plûtôt pour la lettre d'une
mere ou d'une tante que pour celle d'une Maîtresse si tendrement
cheries ; j'en ay une Princesse pour
juge, s'il m'arrivoit quelque affaire d'honneur pour laquelle je fusse en prison, que je fusse obligé
d'avoir recours à nos deux Dées-
ses, & de leur écrire du fond d'un
cachot, elles me feroient une reponse plus gracieuse. A propos de
gracieusetez il faut que je vous
dise toutes celles que j'ay reçûes
de Madame la Duchesse à S. Jean
d'Angely, outre celle d'envoyer
mon exemplaire au Roy, elle
m'en a faite une autre que le respect, & mon manque d'argent
m'ont fait recevoir avec joye, ne
croiez point que ny elle ny moy
soyons gens à argent, c'étoit de
l'or : pour Madame la Princesse

de Soubife , elle avoit payé fi che-
rement ma premiere édition que
j'avois eu l'honneur de luy prefenter à Dax , que je me fuis ef-
quivé pendant qu'elle lifoit la derniere faité ; mais ces deux gracieufetés ne doivent point vous fur-
prendre , elles font d'un rang à
cela. Je vais vous en raconter
d'autres : Seriez-vous capable é-
tant Ducheffe de Ventadour avec
tous fes attributs , feriez-vous dis-
je capable de dire à un homme de
ma forte (Monfieur il femble que
vous n'ofiez pas nous venir voir ,
cela me fait pourtant plaifir &
vous êtes trop timide) voilà les
paroles dont elle m'a honoré à
Dax : pour les gracieufetés de
Madame la Princeffe , elles ont
donné matiere à bien une autre
fcene : en fortant de la dinée a-

lant à Mont - de - Marſan , j'eus
l'honneur de ſaluer le caroſſe comme les autres , tous les Païſans é-
toient là rangez , cette Princeſſe
me dit avec une inclination de
corps , bonjour Monſieur , cette
civilité de la part d'une perſonne
de ce rang , ſurprit les gens de
l'équipage , quelque gracieuſe qu'-
ils la connoiſſent ; elle fit bien un
autre effet ſur les Païſans , ils me
crurent un homme de conſequence. Comme ce Village ne meri-
toit point l'attention du Grand
Prévôt de l'Hôtel , & qu'il n'y
avoit point fait afficher ſa Taxe,
les Cabaretiers avoient l'effronte-
rie de vendre le vin huit ſols , &
moy pour profiter de la veneration que le Païſan avoit pour moy,
je le taxay à cinq ſols : les Cabaretiers n'oſerent contredire l'air

fententieux dont je leur prononçay mon arreft, qui dans le fond de leur cœur leur fembloit fort judicieux, parce qu'ils ne le vendoient que quatre fols en nôtre abfence. Eh bien, Mademoifelle, croiez-vous que les trois quarts de l'équipage m'ont fçu bon gré de cette folie, mais que d'autres m'ont regardé comme un fat, qui me donnoit des airs qui ne m'appartenoient pas.

Le Mardy gras 17.

Nous allons nous faouler à Chatelleraut: c'eft aujourd'huy que nous ceffons de mener la vie des Patriarches, qui ne mangeoient qu'à foleil couché, car nôtre Princeffe commence à diner, où l'autre a finy, & nous donne le tems d'en

d'en faire de même. Je me suis
allé coucher aussi sobrement que
le Vendredy Saint, j'en ay été
plus frais le lendemain.

18. *Mercredy des Cendres.*

Nous les avons reçûes avant
de partir pour aller à la Haye,
Village dont je n'étois pas trop
content en allant, mais qui s'est
relevé en revenant, par les plus
belles Devises que j'aye encore
vûës : elles étoient latines, & con-
viennent parfaitement au sujet de
l'alliance des deux Couronnes, &
à l'âge des deux futurs Epoux.
J'ay un veritable regret de ne les
avoir point retenuës : je vais vous
en dire la raison ; on foüilloit
dans ce Village, & je songeois
en les lisant à conserver deux li-

M

vres de Tabac d'Efpagne, & le
Tablier d'Indienne que je porte
à vôtre fervante, je me fuis tiré
promptement de leur griffes. Je
les ay cherché aprés dans une ba-
garre qui eft venuë : les Habitans
d'un Village à trois lieuës de là,
dépendans du même Seigneur,
étoient venus tous à cheval, comme des Gentilshommes, & font
allez au devant de l'Infante environ une lieuë : quand la Princeffe
a été paffée, ils ont fuivis les Gardes du Corps, comme Nobleffe,
jufqu'à l'entrée du Bourg, où ils
ont été arrêtez par les Habitans,
qui fe fentans forts à la vûë de
leur Clocher, ont voulu avoir le
pas, fe difputer & fe battre, n'a
été qu'une même chofe entre eux;
malheureufement il y avoit les
trois quarts des Epées qui n'a-

voient point vû le jour depuis
Charles I X. & que la roüille em-
pêchoit de tirer ; les Cavaliers les
ont pris avec le fourreau, & les
tenant à deux mains, aſſomoient
l'Infanterie à grands coups de leurs
gardes, ceux-cy leur repondoient
à grands coups de croſſes de fu-
ſils : la tuërie auroit été grande,
ſi le Maire n'y eut mis les hola,
mais il n'éſt pas venu aſſez à tems
pour empêcher qu'il n'y en eut
beaucoup de dangeureuſement
bleſſez. J'ay oublié de vous dire
que ce Bourg eſt le lieu de la naiſſance du grand Philoſophe Mr.
DESCARTES.

Jeudy 19.

L'Equipage & les Habitans de
Loches ont eu le temps de voir

& d'admirer leur Reine. Cette
Princesse est entrée à pied dans ce
Château, la journée étant belle
& douce. C'est à ce moment que
vous auriez bien ris, si vous vous
étiez trouvé avec moy ; je vous
aurois fait remarquer les vieillards
qui pleuroient de joye, d'autres
qui avoient la bouche ouverte, &
mille differentes attitudes des spe-
ctateurs qui admiroient la majesté
de la demarche de cet enfant ; il
sembloit qu'elle vouloit copier celle de son illustre Epoux, en regardant à droit & à gauche : chacun
disoit qu'elle l'avoit envisagé plus
qu'un autre : ils étoient tous plus
contens que si elle leur avoit fait
pleuvoir des Loüis d'or. Les Chanoines parmy lesquels il y en a de
fort polis, disoient en voyant les
belles manieres de cette jeune

Princesse si semblables à celles du
Roy, qu'un même esprit animoit
Madame la Duchesse & de Monsieur de Villeroy, l'un sous la figure de Mentor, & l'autre comme la veritable Minerve, que
leurs soins nous donneroient un
coulpe le plus parfait qu'on ait jamais vû, & qu'on n'envieroit
point aux Espagnols le siecle d'or
que les grandes qualités & l'union
de Ferdinand & Isabelle leur avoit
procuré.

Il y a long temps que je ne vous
ay parlé de nôtre Venus ; elle
m'en donne aujourd'huy une oc-
casion. Son carosse est resté plusieurs fois en chemin depuis huit
jours qu'ils sont impraticables :
pour cette nuit elle a pensé coucher avec les Faunes & les Saty-
res des bois de Loches : jugez

M iij

aprés ce que je vous ay dit de ſon
humeur peureuſe, dans qu'elle
ſcituation elle s'eſt trouvée cette
nuit-là. Nôtre Minerve je crois
ne faiſoit pas meilleure figure;
heureuſement que pour ſon honneur elle pouvoit dire qu'elle
trembloit de froid, ils étoient cependant plus de ſoixante tant bê-
tes que gens; elles n'auroient jamais pû rejoindre l'Equipage ſans
Mr. d'Argenſon Intendant de cette Province de Tours qui leur a
envoyé ſix chevaux ſi vaillans,
qu'ils ſeroient capables d'arracher
le deſir de la vengeance du cœur
d'un Italien, Quoique je ne ſois
point de cette nation, je ne ſçau-
rois luy pardonner d'avoir fait en-
fermer une perſonne de ma con-
noiſſance dans le temps qu'il étoit
Lieutenant de Police. Les terres

graſſes de cette Province dont
nous ne pouvions point nous tirer
malgré les pierres qu'il avoit fait
ſemer, me donnoient une belle
occaſion de vomir contre luy toutes injures qui ſont de miſe contre un Intendant : je remarquois
que les Païſans nous regardoient
de travers ; je crûs le ſoir me van-
ger mieux, en donnant quelques
coups de langue parmy le Bourgeois, je n'ay pas été mieux écou-
té ; il ne me reſtoit plus d'eſperan-
ce que dans la Nobleſſe ; mais
c'étoit bien pis, il n'étoit mention
chez elle que de ſa table delicate,
de la maniere qu'il y recevoit ſon
monde, & ſur tout de l'air gra-
cieux dont il ſçavoit refuſer une
injuſtice : je crois qu'il ſuffit de
porter ce nom pour être cru un
homme ſans deffaut.

M iiij

Vendredy & Samedy 20. & 21.

Nous avons eu sejour à Amboise : L'Infante a logé au Château.

Dimanche 22.

Nous avons fait dix lieuës pour gagner Blois par un beau temps, & un agreable chemin sur la levée : la vûë à de quoy se promener sur ces charmans rivages de la Loire. J'ay soupé avec ma bonne amie & sa famille, qui m'a prié de sa nôce pour le lendemain de la Quasimodo.

Lundy 23.

Nous faisons neuf lieuës qui n'en

n'en valent pas quatre de là bas,
mais nous allons gagner un mauvais gîte, qui eſt S. Laurent des
Eaux. Madame la Ducheſſe par
ſa bonté & ſa complaiſance ordinaire a montré la Reine à la fenêtre, pendant une demie heure ;
aprés que les Païſans ont eu admiré long temps cette aïmable enfant, ils ſe ſont mis à danſer ſous
ſes fenêtres : Cette ſcene a finy
par une action qui paroit fort du
goût de l'Infante, elle leur a jetté
quelques poignées d'argent dont
le pillage l'a fort diverty, auſſi
bien que les cris de VIVE LA REI-
NE. Voyez ce que c'eſt que la
ſympatie, l'Infante qui au commencement n'avoit des yeux que
pour ſa remueuſe Eſpagnole, s'en
paſſe à préſent quand elle ne s'y
trouve pas, parce que de vingt-

N

quatre femmes qu'elle aura, il y
en a huit icy qui font fort eftima-
bles ; les trois que nous appellons
nôtre jeuneffe, font fort de fon
goût. La Venus, Mademoifelle
Mercier fille de Madame la Nourrice, & Mademoifelle le Moine,
qui fans être parfaitement belle,
eft eftimée & aimée de tout le
monde, à caufe de fa bonté, de
fon efprit, fon humeur agreable
& de fa vivacité dans la danfe. A
propos de danfe, outre les bals
qui fe font donnez par quelques
Intendans, Monfieur Felix le Fils
n'a pas manqué d'en donner par
tout où il a pû pour divertir les
Dames. C'étoit un plaifir de voir
les Provinciaux ouvrir de grands
yeux & avoüer leur defaite, quand
ils voyoient couler un menuet à
Madame de la Beaume Femme de

la Reine, & à Monsieur Petit
Controlleur de la bouche. Mademoiselle le Moine brilloit auffi
dans toutes fortes de contredanfes.

Mardy 24.

L'Infante a diné à Nôtre-Dame
de Clery. Comme il ne faifoit
pas chaud le matin, j'ay pris les
devant à pied, & j'a été témoin
d'un combat dans le quel il devoit perir plus de cent hommes,
mais la prudence ordinaire des
Bourgeois qui n'ont vû la guerre
que dans la gazette, l'a rendu très-
rifible par la fin : J'ay reçû un
coup de fabre fur le bras gauche,
qui me fait croire que les autres
n'ont pas mieux porté ; il auroit
pourtant eu de grandes fuites fans
le Subdelegué, & la prudence de

N ij

Monſieur de S. Eugene Grand
Maître de la Maiſon du Roy, qui
par ſon air & la beauté de ſon train
a fait rentrer chacun dans ſon devoir, de ſorte que la Cour, ny
Madame la Ducheſſe n'en ont rien
ſçu, en voicy le ſujet.

Les fils de Marchands d'Orleans étoient venus à chéval au
devant de l'Infate au nombre de
prés de trois cent, il y en avòit
plus de la moitié habillée d'écar-
latte & tous des rubans blancs. Ils
ſont entrez Tymbales & Trom-
pettes ſonnantes dans Clery qui
eſt à quatre lieués de leur Ville.
Quand ils ſe ſont preſentez pour
ſortir, les Bourgeois ou Païſans
les ont arrêtez ; un homme vene-
rable leur a dit qu'ils étoient les
bien venus, pourveu qu'ils ne
leur fiſſent point un paſſe-droit,

en leur ôtant leur place, & qu'ils
ne fuiviffent point immediate-
ment le Caroffe & les Gardes du
Roy, fous pretexte qu'ils étoient
à cheval. Celuy qui commandoit
les deux efcadrons luy a promis
d'honneur de les laiffer devant
eux, & a payé de civilité le viellard
qui luy parloit, il a fait voir qu'il
étoit homme d'honneur, malgré
le fujet qu'il a eu plus que legitime
de leur manquer de parole. Tout
étoit tranquille, mais le diable qui
fe plaift à troubler les plus belles
fêtes, a fufcité un jeune fol, qui
eft accouru en difant que trés-cer-
tainement ces Meffieurs ne tien-
droient pas leur parole, & qu'ils
ne pafferoient pas ; il a parlé &
fait en étourdy, il a pris le cheval de ce Capitaine par la bride
& l'a acculé : L'autre animé de

N iij

cette imprudence a mis le fabre à
la main, & a fait femblant de le
fendre en deux, mais il s'eft con-
tenté de luy paffer fur le corps &
fur celuy d'une centaine de Bourgeois dont les armes faites du tems
de Charlemagne, vuides de poudre & de plomb, étoient fort peu
capables de les deffendre de cette
irruption. La queuë de ce premier
efcadron commandeé apparem-
ment par quelque nouveau marié
ou amant de quelque belle, qui
n'a pas l'ame fi martiale que vous,
& qui n'excuferoit pas comme
vous le deffaut de quelque mem-
bre perdu à la guerre, cette queuë,
dis-je, s'eft laiffé arrêter pendant
qu'elle parlementoit : la tête s'ap-
percevant qu'on ne la fuivoit point
& que l'Etendart étoit refté dans
la Ville, eft rentrée & s'eft tenu

fous les armes, pendant que ces timides paffoient. Je riois de voir toute cette manœuvre, un jeune étourdy me croyant avec mon habit gris de fer quelque Lieutenant de cette genereufe Bourgeoifie, eft accouru fur moy le fabre à la main, & me l'auroit déchargé fur la tête fi mon Epée avoit tenu au foureau, & fi je n'euffe paré le coup, qui a fauffé ma garde & gliffé fur le bras gauche : il a reconnu fon erreur, en voyant mes botines, pour moy j'ay rendu graces à Dieu d'avoir perdu mon piftolet de poche. L'Officier d'Orleans a été fi honnête homme, que malgré le mépris qu'il devoit faire de cette brave infanterie, non feulement il n'a point mené fes efcadrons derriere les Gardes du Roy, qu'aucontraire

il a paffé même devant la Mare-
chauffée.

Deux heures aprés nous avons
paffé à S. Memin, où nous nous
étions grifez en allant. Nous nous
promettions depuis plufieurs jours
d'en faire autant, mais qu'elle furprife de trouver au lieu de ce bon
vin trouble, un vin jaune & fûr,
qui n'étoit plus propre qu'à mettre dans une fauce, en guife de
verjus : les Feüillans à qui ce vin
avoit tourné le dos comme aux
autres, ont fait les honneurs du
paffage d'une autre maniere. Ils
ont fait une efpece de repofoir
auffi magnifique que celuy du Pont
au Change, il étoit couvert d'une
toile de plus de trente Toifes,
tout le long de la ruë, qui étoit
tapiffée de haute lice des deux cô-
tez, ce qui faifoit un effet affez

singulier dans un Village ; sur une
espece d'autel au lieu d'argenterie
étoient les presens pour la Reine :
ils m'ont paru si peu de conse-
quence, que je ne m'en suis point
informé. J'ay vû prononcer la
harangue, mais je ne l'ay pas entendu à cause du grand concours
du peuple d'Orleans, dont ce Village n'est qu'à deux lieuës, & qui
couvroit tout le chemin, parce
qu'il est fête par tout où nous
passons ; les ouvriers la font double, en buvant, dansant & chan-
tant, le respect & l'amour que les
François ont pour leur future Reine, & la joye qu'ils ont de la voir,
empêche les disputes qui suivent
ordinairement les plaisirs de ces
sortes de gens. Nous sommes entrez comme en Triomphe dans
Orleans. L'Infante a logé à l'Evê-

ché, où elle a été haranguée par
le corps de Ville, l'Université &c.
La Reine a pris goût aux cocardes
blanches, & a commandé à tout
son monde d'en avoir ; deux heures aprés vous n'auriez pas trouvé
un quartier de rubans blanc dans
la Ville. Je vous conteray des
histoires au sujet des cocardes.

Mercredy 25.

Nous avons sejour.

Jeudy 26.

Nous avons couché à Toury.
Comme ce Village me donnoit
la liberté de courir dans le Palais
vuides d'importuns, dont il y en
a quantité dans toutes les Villes
où nous passons, j'ay saisi cet heu-

reux moment pour prendre congé de nos Princesses, & leur demander la permission de leur rendre mes devoirs à Paris, elles m'ont fait la grace de me l'accorder. Jugez si j'en profiteray.

Vendredy 27.

Nous sommes arrivez de trésbonne heure à Etampes : les Bourgeois ont fait les choses le mieux du monde en general, & de fort mauvaise grace dans le particulier.

Samedy 28.

Nous n'avons pas été si crottez à Châtres qu'en allant. J'ay appris que cette Ville a été débatisée & s'appelle Arpajon. Plusieurs particuliers de Paris sont venus

voir leurs parens & amis dans l'E-
quipage. Mesdames les harange-
res y sont venuës habillées en
bergeres de carnaval, pour haranguer la Reine, & luy faire present d'un Agneau tout couvert de
rubans, qui a été bien reçû & qui
vit fort paisiblement avec le petit
chien de cette Princesse.

Dimanche 1. Mars 1722.

Nous faisons quatre petites lieuës pour gagner Berny, Château
magnifique à côté d'Antony, appartenant à M. le Cardinal de Bissy
qui a reçû l'Infante avec la derniere magnificence : bon vin & grande
chere à tout venant, il n'y avoit
qu'à porter un plat vuide, & dire
qu'on étoit dix, on vous donnoit
cinq par cinq Carpes ou Brochets.

frits, autant de bouteilles de vin
& du pain à diſcretion. On dit
qu'il y en avoit des granges &
greniers pleins dont les Soldats du
Regiment du Roy qui étoient en
garde ont trouvé la fin,

Une heure aprés l'arrivé de
l'Infante tous les Princes & Princeſſes de la Cour ſont venus luy
rendre leurs devoirs. Monſeig-
neur le Grand Prieur a été le premier, & Madame la Douairiere
d'Orleans a été la derniere, car
elle eſt venuë aujourd'huy,

Lundy deux & dernier jour du
Journal.

S. A. R. Madame la Douai-
riere d'Orleans a emmené l'Infante qui eſt partie aprés midy
pour faire ſon Entrée à Paris.

J'aurois voulu être preſent à l'en-
trevûë, Cent mille l'auroient de-
ſiré comme moy, & n'ont pas été
plus heureux : je le ſçauray par
des témoins oculaires & vous en
renderay compte ſi-tôt que je
pourray avoir l'honneur de vous
voir, & vous dire de bouche que
je ſuis & feray toute ma vie avec
toute la fidelité & la tendreſſe
poſſible,

MADEMOISELLE,

Vôtre très-humble & très-
affectionné Serviteur,
J. F. H.

❀❀❀❀❀❀❀❀❀❀❀❀

LA ROUTE
DES DEUX PRINCESSES
a été la même.

S. A. R. Mademoiselle d'Orleans Montpensier est partie de
Paris le Mardy dix-huitiéme Novembre mil sept cent vingt-un,
& à passé par

B. *signifie Bourg*, V. *Ville*, R.
Rivierre.

jours.	Bourg la Reine	lieuës.
	Antony	
B.	Long Jumeau	
V.	Montlhery	
	Linas	
18. V.	Châtres *Coucher.*	7.

Jours.	Villes & Villages.	Lieuës.
		7
	La Montagne de Trefou	
	Boëne	
	Etrechy	
19 *V.*	Eſtampes *Coucher.*	6
	Ville-Sauvage	
	Mondy	
	Monarville *Diner.*	
B.	Angerville	
	Champ-Pylory	
20	Thoury *Coucher.*	9
	Château-Gaillard	
B.	Arthenay *Diner.*	
	La Croix Buquoy	
	Langelery	
	Sercotte	
21 & 22	Long Fauxbourg d'Or- leans *Sejour.*	8

Total 30

Fauxbourg S. Marcel
S. Hilaire
S. Memin
N. D. de Clery *Diner.*
Lailly

Jours.	Villes & Villages	Lieuës.
		30
23	S. Laurent des Eaux	
	Coucher	8
	Noan	
	S. Dié *Diner.*	
	Montlivaux	
	S. Claude	
24 *V.*	Blois *Coucher.*	9
	Choussy	
	Veuvre	
	Escure	
	Le haut Chantier	
25 & 26 *V.*	Amboise *Sejour.*	10
	Bleret	
	R. de Cherre	
	S. Quentin *Diner.*	
27 *V.*	Loches *Coucher.*	7
	Varennes	
	Cyran	
	Ligueüil *Diner*	
	La Cigogne	
28 *B.*	La Haye *Coucher*	10
	Danger	
	Ingrande	

O

Jours.	Villes & Villages.	Lieuës.
		74
29	V. Chatelleraut *Coucher*	9
	R. de Vienne	
	Le Bras de Nentré	
	La Tricherie	
	Clan	
30,	1 Decembre 2 & 3.	
	V. Poitiers *Sejour*	10
		93

✿✿✿✿✿✿✿✿✿✿✿ ✿ ✿✿✿✿✿✿✿✿✿

REMARQUE

COMME on approche du soleil
on croiroit que c'est la chaleur
qui fait dilater les lieuës, qui com-
mençent déjà d'allonger de moitié,
& des deux tiers à mesure qu'on
avance. C'est pourquoy on compte
de Poitiers à Paris cent lieuës, puis,
aprés avoir fait environ cinquante
lieuës de France pour arriver à Xaintes, quand vous demandez dans
cette Ville combien il a de lieuës

jufqu'à Paris, on vous repond cent
lieuës; vous faites encore trente li-
uës de France pour gagner Bordeaux
où on vous fait la même reponfe.
Pour donc épargner l'impatience des
Voyageurs & les empêcher de jurer
contre la longueur de ces lieuës,
je vais mettre celles du païs, mais
calculer fur celles de France.

Jours.	Villes & Villages.	Lieuës.
Decem.		9 3
	R. de Clan	
	Vjelle Fontaine	
	Coulombier	du païs
4 V.	Lufignan Coucher	7. 5.
5	Chenay Coucher	7. 5.
	Cheie	
	Mefle	
	La Barre	
	S. Leger Diner	
	Charfay	
6	Briou Coucher	8. 6.
	Ville-Dieu	
B.	Au nay	

Jours.	Villes & Villages.	Lieües.
		115
	Virolet	
	Les Eglises d'Argenteüil	
	S. Julien	
	R. de Boutouse	
	S. Eutrope	
7	S. Jean d'Angely	
	Coucher	9. 6.
	Anieres	
	S. Hilaire	
	La Roulie	
8. 9. 10.	V. Xaintes Sejour 9	5.
	R. de Charante	
	Les Arenenes	
	La Jarte	
11	V. Pont	10. 7.
	Bellehuille	
	Perou	
	Les Bergeries	
12	Mirabeau Coucher	7. 4.
	L'Abbaye de pleine Seve	
	S. Aubin	
	Etolie	
	Pont-Tête	

Jours.	Villes & Villages.	Lieuës.	
13	Blaye *Coucher*	8.	5.
		158	
	R. de Dordogne & de Garonne		
14	Bordeaux		
15. 16. 17. 18.	*Sejour*		
	La Prade		
19	Caftres *Coucher*	6.	4.
	Port-Tête		
	Revenant		
	Birelac		
	Podenfac		
	Marfac		
	Preugnac		
20	*V.* Langon *Coucher*	9.	5.
21	*V.* Bazas *Coucher*	5.	2.
	Bolac		
	Pitec		
22	Captieux *mauvais Coucher*	6.	2.
	La Maroüaffe		
	Les Agreaux		
23	*V.* Roquefort *Coucher*	7.	4.
24	Mont-de-Marfan		

O iij

Jours.	Villes & Villages.	Lieuës.	
25. 26. 27. 28. 29.	Sejour	6.	3.
			197
	R. de Doure.		
	Campagne		
	Meillant		
30. 31.	V. Tartas Sejour	9.	4.
	R. La Douze		
	B. Conton		
	Aloüy		
	Le 1 Janvier 1722.		
	Dax Coucher	7.	4.
	S. Georges de Varennes		
2	S. Vincent mauvais		
	Coucher	8.	4.
	La Cabane		
	Ondres		
	R. Le Nive		
3 4 5	Bayonne	7.	3.
	Anglett		
	Bidard		
	Guetary		
6 7 8	S. Jean du Luz.	8.	4.
	Ciboure		
	Urugne		

Jours.	Villes & Villages.	Lieuës.
	Hendaye	
	Pas de Behovie	
& le 9 Janvier 1722 la		
	Conference à midy. 4.	2.

Total 240.

APPROBATION.

J'Ay lû par ordre de Monseigneur le Garde des Sceaux, *le Journal du Voyage d'Espagne &c.* & je n'ay rien trouvé qui en doive empêcher l'impression. Fait à Paris ce 28. Juin 1722. FONTENELLE.

Privilege du Roy.

LOUIS par la Grace de Dieu, Roy de France & de Navarre, à nos Amez & Feaux Conseillers, les gens tenans nos Cours de Parlement, Maistres des Requestes ordinaires de nostre Hostel, Grand Conseil Prevost de Paris, Baillifs, Senechaux, leurs Lieutenants Civils &

autres nos juſticiers qu'il appartiendra, SALUT. Noſtre bien amé HENRY CHARPENTIER Libraire à Paris, Nous ayant fait ſupplier de luy accorder nos Lettres de Permiſſion pour l'Impreſſion d'un *Journal du Voyage d'Eſpagne avec le Plan de l'iſle de la Conference, les Ceremonies qui s'y ſont obſervées & la Route des Princeſſes.* Nous avons permis & permettons par ces Preſentes, audit Charpentier, de faire Imprimer ledit livre en telle forme, marge, caractere conjointement ou ſeparément & autant de fois que bon luy ſemblera, & de le faire vendre & debiter par tout noſtre Royaume pendant le temps de trois années conſecutives, à compter du jour de la date deſdites Preſentes; Faiſons deffenſes à tous Libraires - Imprimeurs & autres perſonnes de quelque qualité & condition qu'elles ſoient, d'en introduire d'Impreſſion étrangére dans aucun lieu de nôtre obeiſſance; a la charge que ces preſentes ſeront enregiſtrées tout au long ſur le Regiſtre de la Communauté des Libraires & Imprimeurs de Paris & ce dans trois mois de la date d'icelle; que l'Impreſſion de ce Livre ſera faite dans noſtre Royaume & non ailleurs en bon Papier & en beaux Caracteres, conformement aux Reglemens de la Librairie; Et qu'avant que de les expoſer en vente, le Manuſcril ou Imprimé qui